PETER HANDKE

WUNSCHLOSES
UNGLÜCK

PETER HANDKE

WUNSCHLOSES
UNGLÜCK

Edited by
Barbara Becker-Cantarino
UNIVERSITY OF TEXAS AT AUSTIN

Suhrkamp/Insel
PUBLISHERS BOSTON, INC.

Under the Editorship of

SIGRID BAUSCHINGER
University of Massachusetts, Amherst

JEFFREY L. SAMMONS
Yale University

MARIA TATAR
Harvard University

Library of Congress Cataloging in Publication Data

Handke, Peter.
    Wunschloses Unglück.

    Annotated ed. in the original German, with English notes and vocabulary.
    Bibliography: p.
    I. Becker–Cantarino, Barbara. II. Title.
PT2668.A5W8   1985   838′.91409 [B]   84-2746
ISBN 3-518-02972-X

LC-number
ISBN 3-518-02972-X   Printed in USA

Contents

Preface

Peter Handke is widely read in German speaking lands, with translations of his plays and novels now available in most western countries. His growing critical recognition has firmly established him in this country as one of the most promising younger authors writing in German today. His plays are being performed on American stages. The novella *Wunschloses Unglück* (1972; *A Sorrow Beyond Dreams*) was successfully dramatized in a one-man-show by the actor Len Cariou who toured with it and brought it to the (now defunct) Phoenix Theatre in New York.

This edition of *Wunschloses Unglück* makes available for students of German Handke's first deeply personal, sensitive and moving story — that of his mother's life. It is a story in a more realistic vein than his earlier more formalistic and experimental works. And herein lies the appeal of this novella to the reader: in its artful combination of a straightforward, realistic story with a sophisticated literary form which serves at the same time as Handke's subject of self-analysis.

The edition has been prepared for intermediate and advanced German classes. Students in their fourth semester of college German should be able to read the text with the help of the notes and the vocabulary. Students in their third and fourth year of college German will rarely need to turn to the vocabulary; they can select from the notes whatever they need for an understanding of the text. The vocabulary is complete except for most words contained in *Grundwortschatz Deutsch*, ed. Heinz Oehler (Stuttgart: Klett, 1966). The notes, aside from providing factual information, seek to facilitate and enhance the student's understanding of Handke's often deceptively simple language and always elegant style. The Chronology and the Selected Bibliography should be of interest for students who want to continue reading Handke on their own or write a paper on this work or a related topic.

I am grateful to Jacqueline Vansant for assistance in preparing the vocabulary and to my colleague Janet K. Swaffar for stimulating ideas about reading texts.

The University of Texas   Barbara Becker-Cantarino
January 1983

Introduction

Peter Handke began writing *Wunschloses Unglück* (1972; *A Sorrow Beyond Dreams*, translated by Ralph Manheim, New York: Farrar, Straus & Giroux, 1974) seven weeks after his mother's suicide in November of 1971. While he tells here his mother's "story," he also reflects on some of the formative events of his own childhood and life. Handke was born on December 6, 1942 — the worst of World War II was yet to come — in the relative security of the village of Griffin in the Austrian province of Carinthia, about 30 miles northeast of the provincial capital Klagenfurt. His mother's family had lived in the village for generations eking out a meager living as artisans and tenant farmers. Handke hints at the stagnant social and economic conditions characteristic of his native village and of rural Austria where serfdom had been abolished in a merely formal sense: "Mein Großvater . . . war slowenischer Abstammung und unehelich geboren, wie damals die meisten Kinder der kleinbäuerlichen Bewohner, die . . . zum Heiraten keine Mittel und zur Eheführung keine Räumlichkeiten hatten" (p. 9).

During the 1930's Handke's mother had left her native village to work as a cook in a resort hotel and had fallen in love with a German soldier, a member of the Nazi party and a married man. Under pressure from her family to give her baby son a name, she then married another German soldier, Bruno Handke, a streetcar conductor from Berlin. When the war was over, she rejoined her husband in what had become the Eastern sector of a divided Berlin, where Peter Handke experienced his early childhood among the rubble, the food shortages, and gloomy post-war years under Russian occupation. In 1948 — three years after the end of the war — the family returned to the Austrian village Griffin where Handke's stepfather worked as a handyman in the family-owned carpenter's shop, unable to control his drinking or to provide an adequate income. The family lived in two small attic rooms and the mother gave birth to three more children.

In 1954, after attending the local elementary school, Peter Handke was able to escape the narrow confines of his family and village: he became a boarder at the diocese's seminary "Marianum," a boy's preparatory school for educating future priests, with a humanistic curriculum (Latin and classical Greek were major subjects). Although a loner, Handke soon became the best student of his class; he published his first pieces in the school's newspaper, stories and reviews of contemporary writers such as William Faulkner. When he found the seminary too confining he transferred to a public high school in Klagenfurt in 1959 (commuting from his home to the city) and obtained the "Matura" (high school diploma) in 1961. While studying law at the University of Graz (the district capital of the province of Styria), Handke joined the "Grazer Gruppe," an avant-garde circle of mostly young writers; he published prose texts in the literary magazine *manuskripte*; and he wrote stories, reports (on topics ranging from soccer to the Beatles) and literary reviews for the Austrian broadcasting corporation. This work gradually made him financially independent (a small stipend from home and a scholarship had supported his studies). Handke experienced a new life in Graz; he constantly went to the movies, listened to the Beatles, went to the theater, and took trips to neighboring Yugoslavia and to Rumania.

When Suhrkamp Verlag accepted his novel *Die Hornissen* (1966, *The Hornets*), Handke could devote his full energies to a career as a professional writer. His first participation in the meeting of the now defunct "Gruppe 47" (a loosely associated group of prominent German writers established in 1947 — hence "Group 47" — who met annually under the direction of Hans Werner Richter for a critical reading of their literary texts) at Princeton University in the spring of 1966 propelled him into the limelight: he rudely criticized prevailing literary modes, leveling the charge of "Beschreibungsimpotenz" (impotence of description) against them. Handke was rebelling against the "new realism," a literature which was engaged in describing, criticizing, and ultimately changing social reality. Handke insisted on description as a way of reflection, on a literature for which language itself, not its content, is central: "Ich habe nichts gegen die Beschreibung," he stated in his commentary "Zur Tagung der Gruppe 47 in den USA," "ich sehe vielmehr die Beschreibung als ein notwendiges Mittel an, um zur Reflexion zu gelangen. Ich bin *für* die Beschreibung, aber nicht für die Art von Beschreibung, wie sie heutzutage in Deutschland als 'Neuer Realismus' proklamiert wird. Es wird nämlich verkannt, daß die Literatur mit der Sprache gemacht wird und nicht mit den Dingen, die mit der Sprache beschrieben werden." (I am not opposed to description, rather I view description as a necessary means to reach reflection. I am in favor of description, but not the kind of description produced today in Germany and proclaimed as 'new realism.' For one fails to recognize that literature is being made by language and not by those things which are being described by language.) In his subsequent works in all three genres, prose, poetry, and drama, he continued to show his mastery of literary language.

While his dramas gave Handke most of his publicity during the late 60's, his prose texts have continued to earn him critical acclaim. His first major play *Publikumsbeschimpfung* (1965, *Offending the Audience*) was presented in a provocative performance in Frankfurt in 1966; this "Sprech-stück," a "declamatory" play rather than a content-oriented "Lehrstück" (didactic play) in the Brechtian tradition, probed the verbal and physical possibilities and limits of the theater: four protagonists do not act out a play, but they talk (and gesture) about the theater ending with a verbal assault on the audience — this was a total negation of traditional theater. Handke carried this negation to one extreme in his play *Das Mündel will Vormund sein* (1969, *My Foot My Tutor*) which is reduced to an apparent pantomime — no dialogue but a meticulously staged action without a logically constructed plot. Both the guardian and his ward act out a series of apparently unrelated incidents but with reversed roles, the guardian mimicking or reacting to his ward's lead. Handke's most successful play, *Kaspar* (1968), following the dramatic style of Beckett and Ionesco, treated the story of a youth who in 1828 suddenly appeared in Nürnberg: a stranger, totally uneducated and barely able to talk, and who was later mysteriously murdered. In Handke's play Kaspar appears with this one sentence, "Ich möcht ein solcher werden wie einmal ein andrer gewesen ist." Kaspar can only speak and think this one line; when the others bombard him constantly with words and phrases, he learns to speak (and act) logically, then totally internalizes and masters language until he realizes that language can denote things only in a very inadequate way: "Jeder Satz ist für die Katz." Kaspar has thus lost his individuality: "Schon mit meinem ersten Satz bin ich in die Falle gegangen." In the last scene he finds five more Kaspars on the sofa, childishly babbling idiots who are engaged in the production of meaningless noises. Kaspar collapses when he realizes his illusions, that with language he failed to acquire individuality. The *Kaspar* play — in a string of 65 sequential segments rather than the traditional acts and scenes — dramatizes the problem of language as an all-pervasive ordering power and structure.

While other German writers such as Günter Grass, Martin Walser, and the 1973 Nobel Prize Winner Heinrich Böll were raising social questions in their writings during the age of student revolt and increasing radicalism and social unrest, Handke propagated the formalist approach, a literary experiment with language per se. His critics were divided between condemning his formalism and praising his innovative use of language and form. His prose works carried on his concern for language; they have won him acclaim for his persistent effort in expressing in words the depressing reality of living, especially during the 1970's.

His first major novel *Die Hornissen* (1966), which juxtaposes fragments of a narrative rather than relating a plot, received scant attention, but subsequent works like *Die Angst des Tormanns beim Elfmeter* (1970, *The Goalie's Anxiety at the Penalty Kick*) and *Der kurze Brief zum langen Abschied* (1972, *Short Letter, Long Farewell*) increasingly engaged a serious readership and made Handke known as a talented, dedicated young writer in Western Europe and in America, if mostly in literary circles. In the novella *Angst des Tormanns beim Elfmeter* Handke narrated the story of a soccer player murdering his girlfriend, using an artful combination of popular background — soccer is by far the most popular sport in Germany —, innovative narrative techniques, and a major existentialist concept of modern society, *Angst* (anxiety). A fictive America is the background of his short novel *Der kurze Brief zum langen Abschied*, but the major concern is the author-narrator's fragmented experience, not a realistic description of his American travels nor a critical account of this country. Besides trying his hand at film production, Peter Handke has continued to write innovative prose texts, most notably *Wunschloses Unglück* (1972, *A Sorrow Beyond Dreams*), *Die Stunde der wahren Empfindung* (1974, *A Moment of True Feeling*), *Die linkshändige Frau* (1976, *The Left-handed Woman*), the subjective journal *Das Gewicht der Welt* (1977, *The Weight of the World*), and his recent *Kindergeschichte* (1981, *A Child's Story*) describing the growth of a child's awareness and emotional relationship with an adult. Handke became a single father after his divorce from his actress-wife in 1971 and raised their daughter alone. As with his marital conflicts, his mother's suicide, and the raising of his daughter, a personal, painful experience has become the central theme of a literary text.

The 1982 Salzburg Festival featured Handke's "dramatic poem" *Über die Dörfer*; such a recognition by Austria's foremost cultural institution is a sure sign that, like Thomas Bernhard, Peter Handke, formerly an *enfant terrible* on the Austro-German literary scene, is now recognized as a major literary talent. At age forty, Handke holds several distinguished prizes: in 1967 he received the Gerhart Hauptmann prize from the Freie Volksbühne in Berlin; in 1973 the Büchner prize from the Deutsche Akademie in Darmstadt; and in 1979 he was the first recipient of the Austrian Kafka prize, which he declined. His Austrian background is audible in most of his works, though it is not a major feature. He does not describe the idyllic Austria with its great past nor the grandiose landscape which attracts tourists and has been the subject of numerous sentimental tales and movies. "Das Fette, an dem ich würge: Österreich," Handke said in an interview about his native country (*Text & Kritik* 24 / 24a 1976, p. 15), to which he returned to live in 1979 after years of self-styled exile in Germany and France.

Handke's novella *Wunschloses Unglück* opens with the brief newspaper notice about a 51-year-old housewife's suicide. The author then immediately proffers the information that this — nameless — housewife is his own mother, to whom he was especially close and whose death impelled him, after some months of speechless silence, to write about her. In chronological sequence Handke narrates the main events of his mother's life, a life which inevitably leads to her suicide; the motto from Bob Dylan "He not busy being born is busy dying" sets the theme: life without a constant new beginning can only erase its own existence.

While tracing the inner biography of his mother, Handke describes the stations of a seemingly uneventful life of an ordinary woman from an Austrian village. He sketches the social milieu into which she was born, going back to the meager existence of the Slovenian grandparent whose austere and thrifty life enabled the family to rise gradually from penniless tenant farmers to artisans with their own workshop and a few acres of land. But women born into such a milieu had no future: "Als Frau in diese Umstände geboren zu werden, ist von vornherein schon tödlich gewesen" (p. 13). Destined to a life of domesticity, the mother was not even to have any dreams about a future personal happiness. But she broke the monotonous pattern of a woman's life by leaving her home and becoming a cook, then rising to secretary and bookkeeper at a resort hotel. Hitler's annexation of Austria, the "Anschluß" of 1938, on the surface seemed to enhance these opportunities: the mother fell in love and had an affair with a German soldier — but he was already married; in order to give her baby a name she married another German soldier, and after living a few years in one rented room in East Berlin, she returned to her native village with her two children and her alcoholic husband. Though the mother is then barely thirty years old, her life is over; for the next twenty years only predictable events occur: more children (and more abortions); women's work (monotonous and unrewarding housework); the sullen husband's drinking bouts and beatings. It is a life confined to the village without friends or excitement, a slow aging and lingering illness. Neither the prosperity of the post-war decades nor the mother's discovery of reading nor her short-lived interest in politics can halt her "illness," which no doctor can diagnose or cure; after some apparent improvement she carefully plans her own end.

With a few descriptive details Handke evokes his mother's life. The narrowness of her life, especially of her life as a woman, appears programmed in the children's game, played mostly by girls: "Müde / Matt / Krank / Schwerkrank / Tot." Reading seems to open some doors for her, but the fictional world of realistic novels shows her only a past, not a future for herself. It does, however, make her aware of herself and enables her to speak about her life: "Sie las jedes Buch als Beschreibung des eigenen Lebens, lebte dabei auf, rückte mit dem Lesen zum ersten Mal mit sich selber heraus; lernte, von *sich* zu reden; mit jedem Buch fiel ihr mehr dazu ein. So erfuhr ich allmählich etwas von ihr" (p. 63). Her reading does initiate communication with her son, does give her the language to reflect and talk about herself.

When Handke relates his mother's story he also writes about himself; as her son and as the author he is constantly inside her story, and he steps outside to reflect, to orient himself. He is part of her and her life (as he had been as her child) and yet separate; he feels as confined by life and social circumstances as he is stunned and puzzled by the events. It is this multiple perspective, the author's empathy and at the same time his distance from his protagonist, the close emotional tie to his mother in the small Austrian village and the distance of the successful writer living in the German metropolis Frankfurt, a male writing about a female who is part of himself yet who lives a totally separate life, which makes Handke's text such an extraordinary account of a woman's life. While even in contemporary literature written by men, female characters continue to be mostly functional objects in the texts (usually as lovers or beloved, demonic and powerful, or weak and victimized), Handke has tried to come to terms with the existential aspects of a woman's life — without resorting to the descriptive mode of an individual biography. Handke's (nameless) mother is the subject and the object of his text. Long, coherent descriptions are as conspicuously absent as are personal sentiments or finite, authoritative statements. His text becomes more anecdotal and fragmented and ends with the open-ended statement: "Später werde ich über alles Genaueres schreiben." Yet this ending belies the coherent theme, the sorrow and despair in the woman-as-mother's life which at the same time mirrors Handke's own life.

»He not busy being born is busy dying«
BOB DYLAN

»Dusk was falling quickly. It was just after
7 p. m., and the month was October.«
PATRICIA HIGHSMITH
»A Dog's Ransom«

Unter der Rubrik VERMISCHTES stand in der
Sonntagsausgabe der Kärntner »Volkszeitung« folgendes:»In der Nacht zum Samstag
verübte eine 51jährige Hausfrau aus A. (Ge-
meinde G.) Selbstmord durch Einnehmen   5
einer Überdosis von Schlaftabletten.«
Es ist inzwischen fast sieben Wochen her, seit
meine Mutter tot ist, und ich möchte mich
an die Arbeit machen, bevor das Bedürfnis,
über sie zu schreiben, das bei der Beerdigung   10
so stark war, sich in die stumpfsinnige
Sprachlosigkeit zurückverwandelt, mit der
ich auf die Nachricht von dem Selbstmord
reagierte. Ja, an die Arbeit machen: denn das
Bedürfnis, etwas über meine Mutter zu   15
schreiben, so unvermittelt es sich auch
manchmal noch einstellt, ist andrerseits wieder so unbestimmt, daß eine Arbeitsanstren-
gung nötig sein wird, damit ich nicht einfach,
wie es mir gerade entsprechen würde, mit der   20
Schreibmaschine immer den gleichen Buch-
staben auf das Papier klopfe. Eine solche Bewegungstherapie allein würde mir nicht nützen, sie würde mich nur noch passiver und
apathischer machen. Ebensogut könnte ich   25
wegfahren – unterwegs, auf einer Reise,
würde mir mein kopfloses Dösen und Her-

1-3. *Unter der Rubrik . . . "Volkszeitung" folgendes* under the heading "Miscellaneous"
the Sunday edition of the Carinthian People's News carried (*Kärnten* – Austrian province)
11-12. *sich . . . zurückverwandelt* changes back into apathetic speechlessness 20. *wie es
mir gerade entsprechen würde* as I would be inclined 27. *kopfloses Dösen und Herum-
lungern* mindless dozing and hanging out

umlungern außerdem weniger auf die Nerven gehen.

Seit ein paar Wochen bin ich auch reizbarer als sonst, bei Unordnung, Kälte und Stille kaum mehr ansprechbar, bücke mich nach jedem Wollfussel und Brotkrümel auf dem Boden. Manchmal wundere ich mich, daß mir Sachen, die ich halte, nicht schon längst aus der Hand gefallen sind, so fühllos werde ich plötzlich bei dem Gedanken an diesen Selbstmord. Und trotzdem sehne ich mich nach solchen Augenblicken, weil dann der Stumpfsinn aufhört und der Kopf ganz klar wird. Es ist ein Entsetzen, bei dem es mir wieder gut geht: endlich keine Langeweile mehr, ein widerstandsloser Körper, keine anstrengenden Entfernungen, ein schmerzloses Zeitvergehen.

Das schlimmste in diesem Moment wäre die Teilnahme eines anderen, mit einem Blick oder gar einem Wort. Man schaut sofort weg oder fährt dem anderen über den Mund; denn man braucht das Gefühl, daß das, was man gerade erlebt, unverständlich und nicht mitteilbar ist: nur so kommt einem das Entsetzen sinnvoll und wirklich vor. Darauf angesprochen, langweilt man sich sofort wieder,

22. *fährt dem anderen über den Mund* cuts that other person short   26. *darauf angesprochen* if anyone approaches me about it

und alles wird auf einmal wieder gegen-
standslos. Und doch erzähle ich ab und zu
sinnlos Leuten vom Selbstmord meiner Mutter und ärgere mich, wenn sie dazu etwas zu
bemerken wagen. Am liebsten würde ich   ⁵
dann nämlich sofort abgelenkt und mit irgend
etwas gehänselt werden.
Wie in seinem letzten Film James Bond einmal gefragt wurde, ob sein Gegner, den er
gerade über ein Treppengeländer geworfen   10
hatte, *tot* sei, und »Na hoffentlich!« sagte,
habe ich zum Beispiel erleichtert lachen
müssen. Witze über das Sterben und Totsein
machen mir gar nichts aus, ich fühle mich so-
gar wohl dabei.   15
Die Schreckensmomente sind auch immer
nur ganz kurz, eher Unwirklichkeitsgefühle
als Schreckensmomente, Augenblicke später
verschließt sich alles wieder, und wenn man
dann in Gesellschaft ist, versucht man sofort,   20
besonders geistesgegenwärtig auf den anderen einzugehen, als sei man gerade unhöflich
zu ihm gewesen.
Seit ich übrigens zu schreiben angefangen
habe, scheinen mir diese Zustände, wahr-   25
scheinlich gerade dadurch, daß ich sie möglichst genau zu beschreiben versuche, ent-

---

14. *machen mir gar nichts aus* don't bother me at all   17. *eher Unwirklichkeitsgefühle*
rather feelings of unreality

rückt und vergangen zu sein. Indem ich sie beschreibe, fange ich schon an, mich an sie zu erinnern, als an eine abgeschlossene Periode meines Lebens, und die Anstrengung, mich zu erinnern und zu formulieren, beansprucht mich so, daß mir die kurzen Tagträume der letzten Wochen schon fremd geworden sind. Hin und wieder hatte ich eben »Zustände«: die tagtäglichen Vorstellungen, ohnedies nur die zum zigsten Mal hergeleierten Wiederholungen jahre- und jahrzehntealter *Anfangs*vorstellungen, wichen plötzlich auseinander, und das Bewußtsein schmerzte, so leer war es darin auf einmal geworden.

Das ist jetzt vorbei, jetzt habe ich diese Zustände nicht mehr. Wenn ich schreibe, schreibe ich notwendig von früher, von etwas Ausgestandenem, zumindest für die Zeit des Schreibens. Ich beschäftige mich literarisch, wie auch sonst, veräußerlicht und versachlicht zu einer Erinnerungs- und Formuliermaschine. Und ich schreibe die Geschichte meiner Mutter, einmal, weil ich von ihr und wie es zu ihrem Tod kam mehr zu wissen glaube als irgendein fremder Interviewer, der diesen interessanten Selbstmordfall mit einer

10-12. *ohnedies . . . Anfangsvorstellungen* which, anyway, were only temporary images, years and decades old, and repeated for the -nth time 19. *etwas Ausgestandenem* something endured 21-23. *veräußerlicht und . . . Formulierungsmaschine* estranged and objectified into a remembering and formulating machine

religiösen, individualpsychologischen oder
soziologischen Traumdeutungstabelle wahrscheinlich mühelos auflösen könnte, dann im
eigenen Interesse, weil ich auflebe, wenn mir
etwas zu tun gibt, und schließlich, weil ich *5*
diesen FREITOD geradeso wie irgendein
außenstehender Interviewer, wenn auch auf
andre Weise, zu einem Fall machen
möchte.
Natürlich sind alle diese Begründungen ganz *10*
beliebig und durch andre, gleich beliebige,
ersetzbar. Da waren eben kurze Momente
der äußersten Sprachlosigkeit und das Bedürfnis, sie zu formulieren – die gleichen An-
lässe zum Schreiben wie seit jeher. *15*
Als ich zur Beerdigung kam, fand ich im
Geldtäschchen meiner Mutter noch einen
Briefaufgabeschein mit der Nummer **432**. Sie
hatte mir noch am Freitagabend, bevor sie
nach Hause ging und die Tabletten nahm, ei- *20*
nen eingeschriebenen Brief mit einer Testamentsdurchschrift nach Frankfurt geschickt.
(Warum aber auch EXPRESS?) Am Montag
war ich im selben Postamt, um zu telefonie-
ren. Es war zweieinhalb Tage nach ihrem *25*
Tod, und ich sah vor dem Postbeamten die
gelbe Rolle mit den Einschreibeetiketts lie-

21-22. *eingeschriebenen Brief mit einer Testamentsdurchschrift* a registered letter with a
copy of her will

gen: inzwischen waren neun weitere einge-
schriebene Briefe abgeschickt worden, die
nächste Nummer war jetzt die **442**, und dieses Bild war der Zahl, die ich im Kopf hatte,
so ähnlich, daß ich auf den ersten Blick
durcheinanderkam und ganz kurz alles für
ungültig hielt. Die Lust, jemandem davon zu
erzählen, heiterte mich richtig auf. Es war
ja so ein heller Tag; der Schnee; wir aßen
Leberknödelsuppe; »es begann mit...«:
wenn man so zu erzählen anfangen würde,
wäre alles wie erfunden, man würde den Zuhörer oder den Leser nicht zu einer privaten
Teilnahme erpressen, sondern ihm eben nur
eine recht phantastische Geschichte vortra-
gen.

Es begann also damit, daß meine Mutter vor
über fünfzig Jahren im gleichen Ort geboren
wurde, in dem sie dann auch gestorben ist.
Was von der Gegend nutzbar war, gehörte
damals der Kirche oder adeligen Grundbe-
sitzern; ein Teil davon war an die Bevölkerung verpachtet, die vor allem aus Handwer-
kern und kleinen Bauern bestand. Die
allgemeine Mittellosigkeit war so groß, daß

22-24. *an die Bevölkerung . . . bestand* had been farmed out to the commoners who consisted mostly of artisans and small peasants

Kleinbesitz an Grundstücken noch ganz selten war. Praktisch herrschten noch die Zustände von vor 1848, gerade, daß die formelle Leibeigenschaft aufgehoben war. Mein Großvater – er lebt noch und ist heute sechsundachtzig Jahre alt – war Zimmermann und bearbeitete daneben mit Hilfe seiner Frau ein paar Äcker und Wiesen, für die er einen jährlichen Pachtzins ablieferte. Er ist slowenischer Abstammung und unehelich geboren, wie damals die meisten Kinder der kleinbäuerlichen Bewohner, die, längst geschlechtsreif, zum Heiraten keine Mittel und zur Eheführung keine Räumlichkeiten hatten. Seine Mutter wenigstens war die Tochter eines recht wohlhabenden Bauern, bei dem sein Vater, für ihn nicht mehr als »der Erzeuger«, als Knecht hauste. Immerhin bekam seine Mutter auf diese Weise die Mittel zum Kauf eines kleinen Anwesens.
Nach Generationen von besitzlosen Knechtsgestalten mit lückenhaft ausgefüllten Taufscheinen, in fremden Kammern geboren und gestorben, kaum zu beerben, weil sie mit der einzigen Habe, dem Feiertagsanzug, ins Grab gelegt wurden, wuchs so der Großvater als erster in einer Umgebung auf, in der er

2-3. *die Zustände von vor 1848* conditions predating 1848 (*the 1848 revolution, though unsuccessful in reestablishing a unified German empire including Austria, and failing to bring significant political participation for the bourgeois, nevertheless had some liberalizing effects for the well-to-do middle class, but not for the unpropertied peasants and laborers*) 9. *einen jährlichen Pachtzins ablieferte* payed annual rent 9-10. *slowenischer Abstammung* of Slovene descent (*a Slavic people*)

sich auch wirklich zu Hause fühlen konnte,
ohne gegen tägliche Arbeitsleistung nur geduldet zu sein.

Zur Verteidigung der wirtschaftlichen Grund-
sätze der westlichen Welt war vor kurzem
im Wirtschaftsteil einer Zeitung zu lesen,
daß Eigentum VERDINGLICHTE FREIHEIT sei.
Für meinen Großvater damals, als dem
ersten Eigentümer, wenigstens von unbe-
weglichem Besitz, in einer Serie von Mittel-
losen und so auch Machtlosen, traf das vielleicht wirklich noch zu: das Bewußtsein,
etwas zu besitzen, war so befreiend, daß nach
generationenlanger Willenlosigkeit sich
plötzlich ein Wille bilden konnte: noch freier
zu werden, und das hieß nur, und für den
Großvater in seiner Situation sicher zu
Recht: den Besitz zu vergrößern.

Der Anfangsbesitz war freilich so klein, daß
man fast seine ganze Arbeitskraft brauchte,
um ihn auch nur zu erhalten. So blieb die
einzige Möglichkeit der ehrgeizigen Klein-
besitzer: das Sparen.

Mein Großvater sparte also, bis er in der In-
flation der zwanziger Jahre das Ersparte wieder verlor. Dann fing er wieder zu sparen an,
nicht nur, indem er übriges Geld aufeinan-

---

derlegte, sondern vor allem auch, indem er
die eigenen Bedürfnisse unterdrückte und
diese gespenstische Bedürfnislosigkeit auch
seinen Kindern zutraute; seine Frau, als
Frau, hatte von Geburt an ohnehin von etwas   *5*
anderem nicht einmal träumen können.
Er sparte immer weiter, bis die Kinder für
Heirat oder Berufsausübung eine AUSSTAT-
TUNG brauchen würden. Das Ersparte schon
vorher für ihre AUSBILDUNG zu verwenden,   *10*
ein solcher Gedanke konnte ihm, vor allem,
was seine Töchter betraf, wie naturgemäß gar
nicht kommen. Und noch in den Söhnen waren die jahrhundertealten Alpträume der
Habenichtse, die überall nur in der Fremde   *15*
waren, so eingefleischt, daß einer von ihnen, ,
der mehr zufällig als geplant eine Freistelle
auf dem Gymnasium bekommen hatte, die
unheimische Umgebung schon nach ein paar
Tagen nicht mehr aushielt, zu Fuß in der   *20*
Nacht die vierzig Kilometer von der Landes-
hauptstadt nach Hause ging und vor dem
Haus – es war ein Samstag, an dem üblicherweise Haus und Hof sauber gemacht wurden
– sofort ohne ein Wort den Hof zu kehren   *25*
anfing; das Geräusch, das er mit dem Besen
machte, in der Morgendämmerung, war ja

1. *indem er übriges Geld aufeinanderlegte* by setting aside extra money   12. *was seine Töchter betraf* as far as his daughters were concerned   14-15. *die jahrhundertealten Alpträume der Habenichtse* the paupers' centuries-old nightmares   17-18. *Freistelle auf dem Gymnasium* scholarship to the prep school (*the Gymnasium, formerly a very selective and exclusive high school which prepared for a university education, then also required tuition*)

Zeichen genug. Als Tischler sei er dann sehr
tüchtig und auch zufrieden gewesen.
Er und sein ältester Bruder sind im Zweiten
Weltkrieg bald umgekommen. Der Großva-
5 ter hatte inzwischen weitergespart und das
Ersparte in der Arbeitslosigkeit der dreißiger
Jahre von neuem verloren. Er sparte, und das
hieß: er trank nicht und rauchte nicht; spielte
kaum. Das einzige Spiel, das er sich erlaubte,
10 war das sonntägliche Kartenspiel; aber auch
das Geld, das er dabei gewann – und er
spielte so vernünftig, daß er fast immer der
Gewinner war –, war Spargeld, höchstens
schnippte er seinen Kindern eine kleine
15 Münze davon zu. Nach dem Krieg fing er
wieder zu sparen an und hat, als Staatsrentner, bis heute nicht damit aufgehört.
Der überlebende Sohn, als Zimmermeister,
der immerhin zwanzig Arbeiter beschäftigt,
20 braucht nicht mehr zu sparen: er investiert;
und das heißt auch, er *kann* trinken und spielen, das gehört sich sogar so. Im Gegensatz
zu seinem ein Lebtag lang sprachlosen, allem
abgeschworenen Vater hat er damit wenig-
25 stens eine Art Sprache gefunden, wenn er
diese auch nur benutzt, als Gemeinderat eine
von großer Zukunft mittels großer Vergan-

3-4. *Zweiten Weltkrieg* World War II (*1939-1945*) 16-17. *Staatsrentner* recipient of a
government pension 22-24. *Im Gegensatz . . . Vater* in contrast to his father who all his
life had been speechless and renounced everything

genheit schwärmende weltvergessene kleine
Partei zu vertreten.
Als Frau in diese Umstände geboren zu werden, ist von vornherein schon tödlich gewesen. Man kann es aber auch beruhigend nen- 5
nen: jedenfalls keine Zukunftsangst. Die
Wahrsagerinnen auf den Kirchtagen lasen
nur den Burschen ernsthaft die Zukunft aus
den Händen; bei den Frauen war diese Zukunft ohnehin nichts als ein Witz. 10
Keine Möglichkeit, alles schon vorgesehen:
kleine Schäkereien, ein Kichern, eine kurze
Fassungslosigkeit, dann zum ersten Mal die
fremde, gefaßte Miene, mit der man schon
wieder abzuhausen begann, die ersten Kin- 15
der, ein bißchen noch Dabeisein nach dem
Hantieren in der Küche, von Anfang an
Überhörtwerden, selber immer mehr Weg-
hören, Selbstgespräche, dann schlecht auf
den Beinen, Krampfadern, nur noch ein 20
Murmeln im Schlaf, Unterleibskrebs, und mit
dem Tod ist die Vorsehung schließlich erfüllt.
So hießen ja schon die Stationen eines Kin-
derspiels, das in der Gegend von den Mädchen viel gespielt wurde: Müde/Matt/ 25
Krank/Schwerkrank/Tot.
Meine Mutter war das vorletzte von fünf

1-2. *eine von großer. . . Partei* a small, obscure little party which dreamed of a grand future
set in a great past 15. *abzuhausen* retreat 16. *ein bißchen noch Dabeisein* a bit of
sharing 18. *Überhörtwerden* being ignored 19-20. *schlecht auf den Beinen, Krampf-*
adern trouble with her legs, varicose veins

Kindern. In der Schule erwies sie sich als klug, die Lehrer schrieben ihr die bestmöglichen Zeugnisse, lobten vor allem die saubere Schrift, und dann waren die Schuljahre auch
5 schon vorbei. Das Lernen war nur ein Kinderspiel gewesen, nach erfüllter Schulpflicht, mit dem Erwachsenwerden, wurde es unnötig. Die Frauen gewöhnten sich nun zu Hause an die künftige Häuslichkeit.
10 Keine Angst, außer die kreatürliche im Dunkeln und im Gewitter; nur Wechsel zwischen Wärme und Kälte, Nässe und Trockenheit, Behaglichkeit und Unbehagen.
Die Zeit verging zwischen den kirchlichen
15 Festen, Ohrfeigen für einen heimlichen Tanzbodenbesuch, Neid auf die Brüder, Freude am Singen im Chor. Was in der Welt sonst passierte, blieb schleierhaft; es wurden keine Zeitungen gelesen als das Sonntags-
20 blatt der Diözese und darin nur der Fortsetzungsroman.
Die Sonntage: das gekochte Rindfleisch mit der Meerrettichsoße, das Kartenspiel, das demütige Dabeihocken der Frauen, ein Foto
25 der Familie mit dem ersten Radioapparat.
Meine Mutter hatte ein übermütiges Wesen, stützte auf den Fotos die Hände in die Hüften

---

6-7. *nach erfüllter Schulpflicht, mit dem Erwachsenwerden* after her compulsory education *[then eight years of school]* upon reaching adulthood 15. *Ohrfeigen für einen heimlichen Tanzbodenbesuch* box on the ears for a secret visit to the dance hall 19-20. *das Sonntagsblatt der Diözese* the Sunday paper of the [Catholic] diocese 24. *das demütige Dabeihocken der Frauen* the women meekly sitting there

oder legte einen Arm um die Schulter des
kleineren Bruders. Sie lachte immer und
schien gar nicht anders zu können.
Regen – Sonne, draußen – drinnen: die
weiblichen Gefühle wurden sehr wetterab- *5*
hängig, weil »Draußen« fast immer nur der
Hof sein durfte und »Drinnen« ausnahmslos
das eigene Haus ohne eigenes Zimmer.
Das Klima in dieser Gegend schwankt sehr:
kalte Winter und schwüle Sommer, aber bei *10*
Sonnenuntergang oder auch nur im Laubschatten fing man zu frösteln an. Viel Regen;
schon Anfang September oft tagelang nasser
Nebel vor den viel zu kleinen Fenstern, die
auch heute kaum größer gebaut werden; *15*
Wassertropfen auf den Wäscheleinen, Krö-
ten, die vor einem im Finstern über den Weg
sprangen, Mücken, Insekten, Nachtfalter sogar am Tag, unter jedem Scheit in der Holz-
hütte Würmer und Asseln: davon mußte man *20*
abhängig werden, anderes gab es ja nicht.
Selten wunschlos und irgendwie glücklich,
meistens wunschlos und ein bißchen un-
glücklich.
Keine Vergleichsmöglichkeiten zu einer an- *25*
deren Lebensform: auch keine Bedürftigkeit
mehr?

19-20. *unter jedem . . . Asseln* worms and wood lice under every log in the woodshed

Es fing damit an, daß meine Mutter plötzlich
Lust zu etwas bekam: sie wollte lernen; denn
beim Lernen damals als Kind hatte sie etwas
von sich selber gefühlt. Es war gewesen, wie
wenn man sagt:»Ich fühle mich.« Zum ersten
Mal ein Wunsch, und er wurde auch ausge-
sprochen, immer wieder, wurde endlich zur
fixen Idee. Meine Mutter erzählte, sie habe
den Großvater»gebettelt«, etwas lernen zu
dürfen. Aber das kam nicht in Frage: Hand-
bewegungen genügten, um das abzutun; man
winkte ab, es war undenkbar.
Immerhin gab es in der Bevölkerung eine
überlieferte Achtung vor den vollendeten
Tatsachen: eine Schwangerschaft, der Krieg,
der Staat, das Brauchtum und der Tod. Als
meine Mutter einfach von zu Hause wegging,
mit fünfzehn oder sechzehn Jahren, und in
einem Hotel am See kochen lernte, ließ der
Großvater ihr den Willen, *weil sie nun schon
einmal weggegangen war;* außerdem war
beim Kochen wenig zu lernen.
Aber es gab schon keine andere Möglichkeit
mehr: Abwaschhilfe, Stubenmädchen, Beiköchin, Hauptköchin.»Gegessen wird immer werden.« Auf den Fotos ein gerötetes
Gesicht, glänzende Wangen, in schüchterne

---

14. *überlieferte Achtung vor den vollendeten Tatsachen* traditional respect for already completed actions (*literally: established facts*)

ernste Freundinnen eingehängt, die von ihr
mitgezogen wurden; selbstbewußte Heiterkeit:»Mir kann nichts mehr passieren!«; eine
geheimnislose, überschwengliche Lust zur
Geselligkeit.   5
Das Stadtleben: kurze Kleider (»Fähn-
chen«), Schuhe mit hohen Absätzen, Wasserwellen und Ohrklipse, die unbekümmerte
Lebenslust. Sogar ein Aufenthalt im Ausland!, als Stubenmädchen im Schwarzwald,   10
viele VEREHRER, keiner ERHÖRT! Ausgehen,
tanzen, sich unterhalten, lustig sein: die
Angst vor der Sexualität wurde so überspielt;
»es gefiel mir auch keiner«. Die Arbeit, das
Vergnügen; schwer ums Herz, leicht ums   15
Herz, Hitler hatte im Radio eine angenehme
Stimme.
Das Heimweh derer, die sich nichts leisten
können: zurück im Hotel am See, »jetzt mache ich schon die Buchhaltung«, lobende   20
Zeugnisse:»Fräulein... hat sich... als anstellig und gelehrig erwiesen. Ihr Fleiß und
ihr offenes, fröhliches Wesen machen es uns
schwer... Sie verläßt unser Haus auf eige-
nen Wunsch.« Bootsfahrten, durchtanzte   25
Nächte, keine Müdigkeit.
Am 10. April 1938: das deutsche Ja! »Um

6. *"Fähnchen"* skimpy dress *[colloquial for the miniskirted dresses of the 1930's]*
7-8. *Wasserwellen und Ohrklipse* shampoo and set and earclips *[fashions of the 1930's]* 27. *10. April 1938* day of the Austrian plebiscite which approved the "Anschluß,"
Austria's official merger with the Third Reich

16 Uhr 15 Minuten traf nach triumphaler Fahrt durch die Straßen Klagenfurts unter den Klängen des Badenweiler Marsches der Führer ein. Der Jubel der Massen schien
5   keine Grenzen zu kennen. Im bereits eisfreien Wörthersee spiegelten sich die Tausende von Hakenkreuzfahnen der Kurorte und Sommerfrischen. Die Maschinen des Altreiches und unsere heimischen Flugzeuge
10 flogen mit den Wolken um die Wette.«
In den Zeitungsannoncen wurden Abstimmungszeichen und Fahnen aus Seide oder nur Papier angeboten. Die Fußballmannschaften verabschiedeten sich nach Spielende
15 mit dem vorschriftsmäßig ausgebrachten »Sieg Heil!«. Die Kraftfahrzeuge wurden statt »A« mit dem Kennzeichen »D« versehen. Im Radio 6.15 Befehlsdurchgabe, 6.35 Der Spruch, 6.40 Turnen, 20.00 Richard-
20 Wagner-Konzert, bis Mitternacht Unterhaltung und Tanz vom Reichssender Königsberg.
»So muß dein Stimmzettel am 10. April aussehen: der *größere* Kreis unter dem Wort
25 JA ist mit *kräftigen* Strichen zu durchkreuzen.«
Gerade aus der Haft entlassene rückfällig ge-

---

2. *Klagenfurt* capital of the Austrian province of Carinthia *(Kärnten)* 3. *Badenweiler Marsch* Hitler's favorite march 6. *Wörthersee* a scenic lake in Carinthia 7-8. *Hakenkreuzfahnen der Kurorte und Sommerfrischen* swastika flags of the spas and summer resorts 8-9. *Maschinen des Altreiches* airplanes of The Old Reich *(ironic for Hitler's young Third Reich)* 15-16. *vorschriftsmäßig ausgebrachten* "Sieg Heil!" the required greeting "hail to victory" 16-17. *Kraftfahrzeuge . . . versehen* automobiles received instead of the "A" *(Austria)* the tag "D" *(Deutschland)* 21. *Reichssender Königsberg* national radio Königsberg *(then a city in East Prussia, now in the Soviet Union)*

wordene Diebe überführten sich selber, in-
dem sie angaben, die fraglichen Sachen in
Kaufhäusern gekauft zu haben, die, weil sie
Juden gehörten, INZWISCHEN GAR NICHT MEHR
BESTANDEN. 5
Kundgebungen mit Fackelzügen und Feier-
stunden; die mit neuen Hoheitszeichen ver-
sehenen Gebäude bekamen STIRNSEITEN und
GRÜSSTEN; die Wälder und die Berggipfel
SCHMÜCKTEN SICH; der ländlichen Bevölke- 10
rung wurden die geschichtlichen Ereignisse
als Naturschauspiel vorgestellt.
»Wir waren ziemlich aufgeregt«, erzählte die
Mutter. Zum ersten Mal gab es Gemein-
schaftserlebnisse. Selbst die werktägliche 15
Langeweile wurde festtäglich stimmungsvoll,
»bis in die späten Nachtstunden hinein«.
Endlich einmal zeigte sich für alles bis dahin
Unbegreifliche und Fremde ein großer Zusammenhang: es ordnete sich in eine Bezie- 20
hung zueinander, und selbst das befremdend
automatische Arbeiten wurde sinnvoll, als
Fest. Die Bewegungen, die man dabei voll-
führte, montierten sich dadurch, daß man sie
im Bewußtsein gleichzeitig von unzähligen 25
anderen ausgeführt sah, zu einem sportlichen
Rhythmus – und das Leben bekam damit

4-5. *die, weil sie* . . . *BESTANDEN* which meanwhile had ceased to exist because they
belonged to Jews (*Jewish property was confiscated after the "Anschluß"*) 7-8. *die mit neuen*
. . . *GRÜSSTEN* buildings decorated with the new emblems took on faces and saluted
15-16. *werktägliche Langeweile* the monotony of the workday 24-27. *montierten sich*
. . . *zu einem sportlichen Rhythmus* took on a sportive rhythm

eine Form, in der man sich gut aufgehoben
und doch frei fühlte.
Der Rhythmus wurde existentiell: als Ritual.
»Gemeinnutz geht vor Eigennutz, Gemein-
5   sinn geht vor Eigensinn.« So war man überall
zu Hause, es gab kein Heimweh mehr. Viele
Adressen auf den Rückseiten der Fotos, ein
Notizbuch wurde erstmals angeschafft (oder
geschenkt?): auf einmal waren so viele Leute
10 Bekannte von einem, und es ereignete sich
so viel, daß man etwas VERGESSEN konnte.
Immer hatte sie auf etwas stolz sein wollen;
weil nun alles, was man tat, irgendwie wichtig
war, wurde sie wirklich stolz, nicht auf etwas
15 Bestimmtes, sondern allgemein stolz, als
Haltung, und als Ausdruck eines endlich er-
reichten Lebensgefühls; und diesen vagen
Stolz wollte sie nicht mehr aufgeben.
Für Politik interessierte sie sich immer noch
20 nicht: das, was sich so augenfällig abspielte,
war für sie alles andere – eine Maskerade,
eine UFA-Wochenschau (»Große Aktualitätenschau – Zwei Tonwochen!«), ein weltli-
cher Kirchtag. »Politik« war doch etwas Un-
25 sinnliches, Abstraktes, also kein Kostümfest,
kein Reigen, keine Trachtenkapelle, jedenfalls nichts, was SICHTBAR wurde. Wohin man

---

1. *gut aufgehoben* protected, secure 4-5. *"Gemeinnutz . . . Eigensinn"* public need
comes before private greed, public concern before private concern 10. *Bekannte von einem*
one's friends 22-23. *UFA-Wochenschau ("Große Aktualitätenschau – Zwei Tonwochen")*
newsreel produced by the renowned German film company of the 1920's and 30's (UFA) and
shown before the feature film; the newsreel was billed as a show of current events *(Aktualitätenschau)* with a sound track (then new) and covering two weeks *(Zwei Tonwochen)*
25-26. *kein Kostümfest, kein Reigen, keine Trachtenkapelle* not a costume party, not a
dance, not a band in native dress

schaute, Gepränge, und »Politik«: war was?
– ein Wort, das kein Begriff war, weil es einem schon in den Schulbüchern, wie alle po-
litischen Begriffe, ohne jede Beziehung zu
etwas Handgreiflichem, Reellem, eben nur   5
als Merkwort oder, wenn bildhaft, dann als
menschenloses Sinnbild eingetrichtert worden war: die Unterdrückung als Kette oder
Stiefelabsatz, die Freiheit als Berggipfel, das
Wirtschaftssystem als beruhigend rauchen-   10
der Fabrikschlot und als Feierabendpfeife,
und das Gesellschaftssystem als Stufenleiter
mit »Kaiser – König – Edelmann / Bürger
– Bauer – Leinenweber / Tischler – Bettler
– Totengräber«: ein Spiel, das im übrigen nur   15
in den kinderreichen Familien der Bauern,
Tischler und Leinenweber vollständig nach-
gespielt werden konnte.

Diese Zeit half meiner Mutter, aus sich her-
auszugehen und selbständig zu werden. Sie   20
bekam ein Auftreten, verlor die letzte Berührungsangst: ein verrutschtes Hütchen,
weil ein Bursche ihren Kopf an den seinen
drückte, während sie nur selbstvergnügt in
die Kamera lachte. (Die Fiktion, daß Fotos   25

---

5. *etwas Handgreiflichem, Reellem* something concrete, real 6-7. *als menschenloses Sinnbild eingetrichtert worden war* which had been crammed into people's heads *[lit. funneled into]* as a symbol devoid of human content 10-11. *das Wirtschaftssystem . . . als Feierabendpfeife* the economic system as a factory's reassuring smoke stack and evening whistle *[signalling the end of work]* 12-15. *das Gesellschaftssystem als Stufenleiter . . . Totengräber"* society as a descending scale: "Emperor-King-Nobleman / Burgher-Peasant-Weaver / Carpenter-Beggar-Gravedigger" *[a popular children's game]*

so etwas überhaupt »sagen« können –: aber ist nicht ohnehin jedes Formulieren, auch von etwas tatsächlich Passiertem, mehr oder weniger fiktiv? *Weniger,* wenn man sich be-
5 gnügt, bloß Bericht zu erstatten; *mehr,* je genauer man zu formulieren versucht? Und je mehr man fingiert, desto eher wird vielleicht die Geschichte auch für jemand andern interessant werden, weil man sich eher mit
10 Formulierungen identifizieren kann als mit bloß berichteten Tatsachen? – Deswegen das Bedürfnis nach Poesie? »Atemnot am Flußufer«, heißt eine Formulierung bei Thomas Bernhard.)

15 Der Krieg, eine Serie mit gewaltiger Musik angekündigter Erfolgsmeldungen aus dem stoffbespannten Lautsprecherkreis der in den düsteren »Herrgottswinkeln« geheimnisvoll leuchtenden Volksempfänger, stei-
20 gerte noch das Selbstgefühl, indem er die »Ungewißheit aller Umstände vermehrte« (Clausewitz) und das früher täglich Selbstverständliche spannend zufällig werden ließ. Es war für meine Mutter kein die zukünftige
25 Empfindungswelt mitbestimmendes Angst-

---

3. *von . . . Passiertem* of something that actually happened   12-13. *"Atemnot am Flußufer"* "breathlessness on the riverbank"   14. *Thomas Bernhard* prominent contemporary Austrian writer   16. *mit . . . Erfolgsmeldungen* reports of success introduced by powerful music   16. *aus . . . Lautsprecherkreis* from the cloth-covered, round speaker   18.. *düsteren "Herrgottswinkeln"* dark "holy corners" *[corner above the dining table where a crucifix customarily is hanging]*   19. *Volksempfänger* radio *[a popular, inexpensive model for the "people," as was the Volkswagen in the line of autos]*   22. *Karl von Clausewitz* Prussian general and military philosopher (1780-1831)

gespenst der frühen Kinderjahre gewesen, wie er es für mich dann sein sollte, sondern zunächst nur das Erlebnis einer sagenhaften Welt, von der man bis dahin höchstens die Prospekte betrachtet hatte. Ein neues Gefühl für Entfernungen, für das, was FRÜHER, im FRIEDEN, war, und vor allem für die einzelnen andern, die sonst nur wesenlose Kameraden-, Tanzpartner- und Kollegenrollen gespielt hatten. Erstmals auch ein Familiengefühl: »Lieber Bruder...! Ich schaue auf der Landkarte, wo Du jetzt sein könntest... Deine Schwester...«
Und so die erste Liebe: zu einem deutschen Parteigenossen, der, im Zivilberuf Sparkassenangestellter, nun als militärischer Zahlmeister ein bißchen etwas Besonderes war – und bald auch schon in andere Umstände gebracht. Er war verheiratet, und sie liebte ihn, sehr, ließ sich alles von ihm sagen. Sie stellte ihn den Eltern vor, machte mit ihm Ausflüge in die Umgebung, leistete ihm in seiner Soldateneinsamkeit Gesellschaft.
»Er war so aufmerksam zu mir, und ich hatte auch keine Angst vor ihm wie vor anderen Männern.«
Er bestimmte, und sie ging darauf ein. Ein-

---

15. *Parteigenossen* party member *[Nazi]* 15-16. *Im Zivilberuf...Zahlmeister* in civilian life a savings and loan employee, now a paymaster in the army 22-23. *leistete*... *Gesellschaft* kept him company in his lonely soldier's life

mal schenkte er ihr etwas: ein Parfüm. Er lieh ihr auch ein Radio für ihr Zimmer und holte es später wieder ab. »Damals« las er noch, und sie lasen zusammen ein Buch mit dem Titel »Am Kamin«. Bei einem Ausflug auf eine Alm, als sie auf dem Abstieg ein wenig liefen, entfuhr meiner Mutter ein Wind, und mein Vater verwies ihr das; im Weitergehen entschlüpfte ihm selber ein Furz, und er hüstelte. Sie krümmte sich ganz zusammen, als sie mir das später erzählte, und kicherte schadenfroh und doch mit schlechtem Gewissen, weil sie gerade ihre einzige Liebe schlecht machte. Es belustigte sie selber, daß sie einmal jemanden, und gerade so einen, liebgehabt hatte. Er war kleiner als sie, viele Jahre älter, fast kahlköpfig, sie ging in flachen Schuhen neben ihm her, immer den Schritt wechselnd, um sich ihm anzupassen, in einen abweisenden Arm eingehängt, aus dem sie immer wieder herausrutschte, ein ungleiches, lachhaftes Paar – und trotzdem sehnte sie sich noch zwanzig Jahre später danach, wieder für jemanden so etwas empfinden zu können wie einst nach mickrigen Knigge-Aufmerksamkeiten für diese Sparkassenexistenz. Aber es gab

5. *"Am Kamin"* "At the Hearth" 8. *verwies ihr das* reproached her 20-21. *in einen abweisenden Arm eingehängt . . . herausrutschte* her arm repeatedly slipping off an inhospitable arm 26. *mickrigen Knigge-Aufmerksamkeiten* petty politeness according to etiquette *[Knigge is the German equivalent of "Emily Post," his name became synonymous with etiquette and manners]*

keinen ANDEREN mehr: die Lebensumstände hatten sie zu einer Liebe erzogen, die auf einen nicht austauschbaren, nicht ersetzbaren Gegenstand fixiert bleiben mußte.

Nach der Matura sah ich meinen Vater zum ersten Mal: vor der Verabredungszeit kam er mir zufällig auf der Straße entgegen, ein geknicktes Papier auf der sonneverbrannten Nase, Sandalen an den Füßen, einen Colliehund an der Leine. In einem kleinen Café ihres Heimatortes traf er sich dann mit seiner ehemaligen Geliebten, die Mutter aufgeregt, der Vater ratlos; ich stand weit weg an der Musikbox und drückte »Devil in Disguise« von Elvis Presley. Der Ehemann hatte Wind von dem allen bekommen, schickte aber nur als Zeichen den jüngsten Sohn in das Café, wo das Kind ein Eis kaufte, dann neben der Mutter und dem Fremden stehenblieb und sie ab und zu mit immer den gleichen Worten fragte, wann sie denn endlich nach Hause gehe. Mein Vater steckte ein Sonnenbrillengestell auf die andere Brille, redete zwischendurch zu dem Hund, wollte dann »schon einmal« zahlen. »Nein, nein, ich lade dich ein«, sagte er, als auch meine Mutter

6. *Matura* Austrian high school diploma   7. *Verabredungszeit* date   23-24. *steckte ein Sonnenbrillengestell auf die andere Brille* put sunglass clips over his glasses

das Geldtäschchen aus der Handtasche nahm. Von unserer Urlaubsreise schickten wir ihr eine gemeinsame Ansichtskarte. Überall, wo wir uns einquartierten, verbreitete er, daß ich sein Sohn sei, denn er wollte auf keinen Fall, daß man uns für Homosexuelle (»Hundertfünfundsiebziger«) hielt. Das Leben hatte ihn enttäuscht, er war mehr und mehr vereinsamt. »Seit ich die Menschen kenne, liebe ich die Tiere«, sagte er, natürlich nicht ganz im Ernst.

Kurz vor der Entbindung heiratete meine Mutter einen Unteroffizier der Deutschen Wehrmacht, der sie schon lange VEREHRTE und dem es auch nichts ausmachte, daß sie ein Kind von einem andern bekam. »Die oder keine!« hatte er auf den ersten Blick gedacht und gleich mit seinen Kameraden darauf gewettet, daß er sie bekommen würde, beziehungsweise daß sie ihn nehmen würde. Er war ihr zuwider, aber man redete ihr das Pflichtbewußtsein ein (dem Kind einen Vater geben): zum ersten Mal ließ sie sich einschüchtern, das Lachen verging ihr ein bißchen. Außerdem imponierte es ihr,

---

7. *"Hundertfünfundsiebzieger"* homosexual *[article 175 of the German legal code deals with homosexuals]* 13-14. *einen Unteroffizier der Deutschen Wehrmacht* sergeant of *[Hitler's]* German Army 16-17. *"Die oder keine!"* "Her or no one!" 25. *Außerdem imponierte es ihr* furthermore, it impressed her

daß jemand sich gerade sie in den Kopf ge-
setzt hatte.

»Ich glaubte, er würde ohnehin im Krieg fallen«, erzählte sie. »Aber dann hatte ich auf
einmal doch Angst um ihn.« 5
Jedenfalls hatte sie nun Anspruch auf ein
Ehestandsdarlehen. Mit dem Kind fuhr sie
nach Berlin zu den Eltern ihres Mannes. Man
duldete sie. Die ersten Bomben fielen schon,
sie fuhr zurück, eine Allerweltsgeschichte, sie 10
lachte wieder, schrie dabei oft, daß man zu-
sammenschrak.
Den Ehemann vergaß sie, sie drückte das
Kind an sich, daß es weinte, verkroch sich
im Haus, wo man, nach dem Tod der Brüder, 15
begriffsstützig aneinander vorbeischaute.
Kam denn nichts mehr? Sollte es das schon
gewesen sein? Seelenmessen, die Kinder-
krankheiten, zugezogene Vorhänge, Briefwechsel mit alten Bekannten aus den unbe- 20
schwerten Tagen, Sich-nützlich-machen in
der Küche und bei der Feldarbeit, von der
man immer wieder weglief, um das Kind in
den Schatten zu legen; dann die Sirenen des
Ernstfalls, auch schon auf dem Land, das Ge- 25
renne der Bevölkerung zu den als Luft-
schutzbunkern vorgesehenen Felshöhlen,

3. *im Krieg fallen* be killed in the war 6-7. *Anspruch auf ein Ehestandsdarlehen* was
entitled to a marriage loan 16. *begriffsstützig aneinander vorbeischaute* one looked past
one another unable to comprehend 19. *zugezogene Vorhänge* closed curtains *[mandatory
protective measure against air-raids]* 24. *Sirenen des Ernstfalls* air-raid sirens (*not just
alerts*) 25-27. *Gerenne . . . Felshöhlen* people running to the caves designated as air-raid
shelters

der erste Bombentrichter im Dorf, später
Spielplatz und Abfallgrube.
Gerade die hellichten Tage wurden gespenstisch, und die Umwelt, im lebenslangen täglichen Umgang aus den Kinderalpträumen
nach außen geschwitzt und damit vertraut
gemacht, geisterte wieder durch die Gemüter
als unfaßbare Spukerscheinung.
Meine Mutter stand bei allen Ereignissen wie
mit offenem Mund daneben. Sie wurde nicht
schreckhaft, lachte höchstens, vom allgemeinen Schrecken angesteckt, einmal kurz auf,
weil sie sich gleichzeitig schämte, daß der
Körper sich plötzlich so ungeniert selbständig
machte. »Schämst du dich nicht?« oder »Du
sollst dich schämen!« war schon für das
kleine und vor allem für das heranwachsende
Mädchen der von den andern ständig vorge-
haltene Leitfaden gewesen. Eine Äußerung
von weiblichem Eigenleben in diesem ländlich-katholischen Sinnzusammenhang war
überhaupt vorlaut und unbeherrscht; schiefe
Blicke, so lange, bis die Beschämung nicht
mehr nur possierlich gemint wurde, sondern
schon ganz innen die elementarsten Empfin-
dungen abschreckte. »Weibliches Erröten«
sogar in der Freude, weil man sich dieser

5-7. *aus den Kinderalpträumen . . . vertraut gemacht* exuded from the nightmares of childhood and thus made familiar 8. *unfaßbare Spukerscheinung* incomprehensible apparition 20-21. *ländlich-katholischen Sinnzusammenhang* rural, Catholic context 22-23. *schiefe Blicke* disapproving looks 24. *possierlich gemint* was acted out playfully

Freude gehörigst schämen mußte; in der
Traurigkeit wurde man nicht blaß, sondern
rot im Gesicht, und brach statt in Tränen in
Schweiß aus.
Meine Mutter hatte in der Stadt schon ge- *5*
glaubt, eine Lebensform gefunden zu haben,
die ihr ein wenig entsprach, bei der sie sich
jedenfalls wohl fühlte – nun merkte sie, daß
die Lebensform der andern, indem sie jede
zweite Möglichkeit ausschloß, auch als *10*
alleinseligmachender Lebens*inhalt* auftrat.
Wenn sie von sich selber sprach, über einen
berichtenden Satz hinaus, wurde sie mit einem Blick schon zum Schweigen gebracht.
Die Lebenslust, ein Tanzschritt bei der Ar- *15*
beit, das Nachsummen eines Schlagers, war
eine Flause im Kopf und kam einem, weil
niemand darauf einging und man damit allein
blieb, auch bald selber so vor. Die anderen
lebten ihr eigenes Leben zugleich als Beispiel *20*
vor, aßen so wenig zum Beispielnehmen,
schwiegen sich voreinander aus zum Beispielnehmen, gingen zur Beichte nur, um den
zu Hause Bleibenden an seine Sünden zu
erinnern. *25*
So wurde man ausgehungert. Jeder kleine
Versuch, sich klarzumachen, war nur ein Zu-

3-4. *brach . . . aus* instead of bursting into tears broke out in sweat 10-11. *als alleinseligmachender Lebensinhalt auftrat* appeared as the only true meaning of life 12-13. *über
einen berichtenden Satz hinaus* more than a factual sentence 16. *Nachsummen eines
Schlagers* humming a hit melody 21. *zum Beispielnehmen* (here) to set an example
23-24. *den zu Hause Bleibenden* the one who stayed at home

rückmaulen. Man fühlte sich ja frei – konnte
aber nicht heraus damit. Die anderen waren
zwar Kinder; aber man wurde bedrückt,
wenn gerade Kinder einen so strafend an-
schauten.
Bald nach Kriegsende fiel meiner Mutter der
Ehemann ein, und obwohl niemand nach ihr
verlangt hatte, fuhr sie wieder nach Berlin.
Auch der Mann hatte vergessen, daß er einmal, in einer Wette, auf sie aus gewesen war,
und lebte mit einer Freundin zusammen; damals war ja Krieg gewesen.
Aber sie hatte das Kind mitgebracht, und
lustlos befolgten beide das Pflichtprinzip.
Zur Untermiete in einem großen Zimmer in
Berlin-Pankow, der Mann, Straßenbahn-
Fahrer, trank, Straßenbahn-Schaffner, trank,
Bäcker, trank, die Frau ging immer wieder
mit dem inzwischen zweiten Kind zum Brotgeber und bat, es noch einmal zu versuchen,
die Allerweltsgeschichte.
In diesem Elend verlor meine Mutter die
ländlichen Pausbacken und wurde eine recht
elegante Frau. Sie trug den Kopf hoch und
bekam einen Gang. Sie war nun so weit, daß
sie sich alles anziehen konnte, und es kleidete
sie. Sie brauchte keinen Fuchs um die Schul-

---

1. *Zurückmaulen* talking back   10. *auf sie aus gewesen war* had been after her   14. *lustlos befolgten beide das Pflichtprinzip* without desire both did their duty   15. *Zur Untermiete in* subletting   16. *Berlin-Pankow* neighborhood in East Berlin   23. *die ländlichen Pausbacken* the country girl's full cheeks   25. *bekam einen Gang* took on a grace-
ful walk 27. *Fuchs* a fox fur draped over the shoulder was the fashion rage during the 30's

tern. Wenn der Mann, nach dem Rausch wieder nüchtern, sich an sie hängte und ihr bedeutete, daß er sie liebe, lächelte sie ihn
erbarmungslos mitleidig an. Nichts mehr
konnte ihr etwas anhaben.

Sie gingen viel aus und waren ein schönes
Paar. Wenn er betrunken war, wurde er
FRECH, und sie mußte STRENG zu ihm werden.
Dann schlug er sie, weil sie ihm nichts zu sa-
gen hatte und er es doch war, der das Geld
heimbrachte.

Ohne sein Wissen trieb sie sich mit einer Na-
del ein Kind ab.

Eine Zeitlang wohnte er bei seinen Eltern,
dann wurde er zu ihr zurückgeschickt. Kind-
heitserinnerungen: das frische Brot, das er
manchmal nach Hause brachte, die schwarzen fettigen Pumpernickel, um die herum das
düstere Zimmer aufblühte, die lobenden
Worte der Mutter.

In diesen Erinnerungen gibt es überhaupt
mehr Sachen als Menschen, ein tanzender
Kreisel auf einer leeren Ruinenstraße, Haferflocken auf einem Zuckerlöffel, grauer
Ausspeisungsschleim in einem Blechnapf mit
russischem Markenzeichen, und von den
Menschen nur Einzelteile: Haare, die Wan-

1-2. *nach dem Rausch wieder nüchtern* sobered up after his intoxication   2-3. *ihr bedeu-*
tete told her   4-5. *Nichts mehr konnte ihr etwas anhaben* nothing could faze her any-
more   12-13. *trieb sich . . . ab* aborted her child with a needle   22-23. *ein tanzender . . .*
Ruinenstraße a dancing top in an empty street of ruins   24-26. *grauer Ausspeisungs-*
schleim . . . Markenzeichen gray gunky soup in a tin can with a Russian trademark

31

gen, verknotete Narben an den Fingern; –
die Mutter hatte aus ihren Kindertagen einen
mit wildem Fleisch vernarbten Schnitt am
Zeigefinger, und an diesem harten Höcker
5   hielt man sich fest, wenn man neben ihr her
ging.

Sie war also nichts geworden, konnte auch
nichts mehr werden, das hatte man ihr nicht
einmal vorauszusagen brauchen. Schon er-
10 zählte sie von »meiner Zeit damals«, obwohl
sie noch nicht einmal dreißig Jahre alt war.
Bis jetzt hatte sie nichts »angenommen«, nun
wurden die Lebensumstände so kümmerlich,
daß sie erstmals vernünftig sein mußte. Sie
15 nahm Verstand an, ohne etwas zu verste-
hen.
Sie hatte schon angefangen, sich etwas aus-
zudenken, und sogar so gut es ging danach
zu leben versucht – dann das »Sei doch ver-
20 nünftig!« – der Vernunft-Reflex – »Ich bin
ja schon still!«
Sie wurde also eingeteilt und lernte auch selber das Einteilen, an Leuten und Gegenstän-
den, obwohl daran kaum etwas zu lernen
25 war: die Leute, nicht ansprechbarer Ehe-

---

1. *verknotete Narben* knotted scars   15. *nahm Verstand an* came to her senses
18-19. *so gut es ging danach zu leben versucht* to live by it as far as possible   20. *Vernunft-Reflex* reflex of reason   22. *eingeteilt* classified

mann und noch nicht ansprechbare Kinder,
zählten kaum, und die Gegenstände standen
ohnehin fast nur in den allerkleinsten Ein-
heiten zur Verfügung – so mußte sie kleinlich
und haushälterisch werden: die Sonntags-   *5*
schuhe durfte man nicht wochentags tragen,
das Ausgeh-Kleid mußte man zu Hause
gleich wieder an den Bügel hängen, das Einkaufsnetz war nicht zum Spielen da!, das
warme Brot erst für morgen. (Noch meine   *10*
Firmungsuhr später wurde gleich nach der
Firmung weggesperrt.)
Aus Hilflosigkeit nahm sie Haltung an und
wurde sich dabei selbst über. Sie wurde verletzlich und versteckte das mit ängstlicher,   *15*
überanstrengter Würde, unter der bei der ge-
ringsten Kränkung sofort panisch ein wehr-
loses Gesicht hervorschaute. Sie war ganz
leicht zu erniedrigen.
Wie ihr Vater glaubte sie sich nichts mehr   *20*
gönnen zu dürfen und bat doch wieder mit
verschämtem Lachen die Kinder, sie an einer
Süßigkeit einmal mitlecken zu lassen.
Bei den Nachbarn war sie beliebt und wurde
angestaunt, sie hatte ein österreichisch gesel-   *25*
liges, sangesfreudiges Wesen, ein GERADER
Mensch, nicht kokett und geziert wie die

2-4. *die Gegenstände . . . Verfügung* everything was available anyhow only in very small
quantities *[rationing of food and consumer goods was in effect for a number of years after the
war]* 13-14. *nahm sie . . . über* pulled herself together and became disgusted with herself
20-21.. *sich nichts mehr gönnen zu dürfen* she should not allow herself anything 22-23. *sie
. . . mitlecken zu lassen* let her have a lick at a piece of candy

Großstadtmenschen, man konnte ihr nichts
nachsagen. Auch mit den Russen vertrug sie
sich, weil sie sich auf slowenisch mit ihnen
verständigen konnte. Sie redete dann viel,
einfach alles, was sie an gemeinsamen Worten wußte, das befreite sie.
Aber nie hatte sie Lust auf ein Abenteuer.
Dafür wurde es ihr in der Regel zu früh
schwer ums Herz; die immer gepredigte, inzwischen verkörperte Scham. Ein Abenteuer
konnte sie sich nur so vorstellen, daß jemand
von ihr »etwas wollte«; und das schreckte sie
ab, schließlich wollte sie auch von niemandem was. Die Männer, mit denen sie später
gern zusammen war, waren KAVALIERE, das
gute Gefühl, das sie bei ihnen hatte, genügte
ihr als Zärtlichkeit. Wenn nur jemand zum
Reden da war, wurde sie gelöst und fast
glücklich. Sie ließ es nicht mehr zu, daß man
sich ihr näherte, es hätte denn mit jener Be-
hutsamkeit sein müssen, unter der sie sich
einmal als eigener Mensch gefühlt hatte —
aber die erlebte sie nur noch im Traum.
Sie wurde ein neutrales Wesen, veräußerte
sich in den täglichen Kram.
Sie war nicht einsam, spürte sich höchstens
als etwas Halbes. Aber es gab niemanden,

---

der sie ergänzte. »Wir ergänzten uns so gut«, erzählte sie aus ihrer Zeit mit dem Sparkassenangestellten; das wäre ihr Ideal von ewiger Liebe gewesen.

Der Nachkrieg; die Großstadt: ein Stadtleben wie früher war in dieser Stadt nicht möglich. Bergauf und bergab lief man über Schutt durch sie hindurch, um Wege abzukürzen, und mußte doch immer wieder in den langen Schlangen ziemlich hinten stehen, abgedrängt von den zu Ellenbogen verkümmerten, in die Luft schauenden Zeitgenossen. Ein kurzes, unglückliches Lachen, Wegschauen von einem selber, wie die andern in der Luft herum, dabei ertappt, daß man ein Bedürfnis gezeigt hatte wie diese andern, gekränkter Stolz, Versuche, sich doch noch zu behaupten, kläglich, weil man gerade dadurch verwechselbar und austauschbar mit den Umstehenden wurde: etwas Stoßendes Gestoßenes, Schiebendes Geschobenes, Schimpfendes Beschimpftes.
Der Mund, bis jetzt immer noch wenigstens ab und zu offengeblieben, im jugendlichen Erstaunen (oder im weiblichen So-Tun-

5

10

15

20

25

2. *Sparkassenangestellten* savings and loan clerk 10. *Schlangen* lines 10-12. *abgedrängt von . . . Zeitgenossen* pushed aside by fellow citizens who had become all elbows and were staring into the air 22. *Schimpfendes Beschimpftes* something scolding and scolded.

Als-Ob), in der ländlichen Schreckhaftigkeit,
am Ende eines Tagtraums, der das schwere
Herz erleichterte, wurde in dieser neuen Le-
benslage übertrieben fest geschlossen, als
Zeichen der Anpassung an eine allgemeine
Entschlossenheit, die, weil es kaum etwas
gab, zu dem man sich *persönlich* entschließen
konnte, doch nur eine Schau sein konnte.
Ein maskenhaftes Gesicht – nicht maskenhaft starr, sondern maskenhaft bewegt –, eine
verstellte Stimme, die, ängstlich um Nicht-
Auffallen bemüht, nicht nur den andern Dialekt, sondern auch die fremden Redensarten
nachsprach – »Wohl bekomm's!«, »Laß
deine Pfoten davon!«, »Du ißt heute wieder
wie ein Scheunendrescher!« –, eine abgeschaute Körperhaltung mit Hüftknick, einen
Fuß vor den andern gestellt... das alles, nicht
um ein andrer Mensch, sondern um ein TYP
zu werden: von einer Vorkriegserscheinung
zu einer Nachkriegserscheinung, von einer
Landpomeranze zu einem Großstadtgeschöpf, bei dem als Beschreibung genügte:
GROSS, SCHLANK, DUNKELHAARIG.
In einer solchen Beschreibung als Typ fühlte
man sich auch von seiner eigenen Geschichte
befreit, weil man auch sich selber nur noch

1. *weiblichen So-Tun-Als-Ob* female acting-as-if (pretending) 3-4. *wurde . . . übertrieben fest geschlossen* (the mouth) was firmly closed in an exaggerated manner 7. *zu
dem man . . . konnte* for which one could make a personal decision 14-15. *Redensarten
nachsprach* copied the phrases 15. *"Wohl bekomm's!"* to your health! 16. *"Laß deine
Pfoten davon!"* keep your paws off! 16. *wie ein Scheunendrescher* you eat like a hog
16-17. *abgeschaute Körperhaltung mit Hüftknick* a copied posture with a bend at the hip
20. *Vorkriegserscheinung* prewar type 22. *Landpomeranze* country hick

erlebte wie unter dem ersten Blick eines ero-
tisch taxierenden Fremden.

So wurde ein Seelenleben, das nie die Möglichkeit hatte, beruhigt bürgerlich zu werden,
wenigstens oberflächlich verfestigt, indem es   *5*
hilflos das bürgerliche, vor allem bei Frauen
übliche Taxiersystem für den Umgang miteinander nachahmte, wo der andre mein Typ
ist, ich aber nicht seiner, oder ich seiner, er
aber nicht meiner, oder wo wir füreinander   *10*
geschaffen sind oder einer den andern nicht
riechen kann, – wo also alle Umgangsformen
schon so sehr als verbindliche Regeln aufge-
faßt werden, daß jedes mehr *einzelne,* auf
den andern ein bißchen eingehende Verhal-   *15*
ten nur eine Ausnahme von diesen Regeln
bedeutet. »Eigentlich war er nicht mein
Typ«, sagte die Mutter zum Beispiel von
meinem Vater. Man lebte also nach dieser
Typenlehre, fand sich dabei angenehm ob-   *20*
jektiviert und litt auch nicht mehr an sich,
weder an seiner Herkunft, noch an seiner
vielleicht schuppigen, schweißfüßigen Indi-
vidualität, noch an den täglich neu gestellten
Weiterlebensbedingungen; als Typ trat ein   *25*
Menschlein aus seiner beschämenden Einsamkeit und Beziehungslosigkeit hervor,

verlor sich und wurde doch einmal wer, wenn
auch nur im Vorübergehen. Dann schwebte man nur so durch die Straßen, beflügelt von allem, an dem man sorglos
5 vorbeigehen konnte, abgestoßen von allem,
das ein Stehenbleiben forderte und einen dabei wieder mit sich selber behelligte: von den
Menschenschlangen, einer hohen Brücke
über der Spree, einem Schaufenster mit Kin-
10 derwagen. (Wieder hatte sie sich heimlich ein
Kind abgetrieben.) Ruhelos, damit man ruhig blieb, rastlos, um von sich selber loszukommen. Motto: »Heute will ich an nichts
denken, heute will ich nur lustig sein.«
15 Zeitweise glückte das, und alles Persönliche
verlor sich ins Typische. Dann war sogar das
Traurigsein nur eine kurze Phase der Lustig-
keit: »Verlassen, verlassen, / wie ein Stein
auf der Straßen / so verlassen bin ich«; mit
20 der narrensicher imitierten Melancholie dieses künstlichen Heimatliedes steuerte sie ihren Teil zur allgemeinen und auch eigenen
Lustbarkeit bei, worauf das Programm zum
Beispiel weiterging mit männlichem Witze-
25 erzählen, bei dessen schon im voraus zotenhaften Tonfall man erlöst mitlachen konnte.
Zu Hause freilich die VIER WÄNDE, und mit

---

3. *schwebte man nur so* one simply floated   7. *mit sich selber behelligte* (of everything
which . . .) brought you back to your concerns   12-13. *um von sich selber loszukommen* in
order to get away from oneself   20-22. *mit . . . steuerte sie* with her foolproof imitation of
the melancholy in this artificial country song she contributed her share   25-26. *im voraus
zotenhaften Tonfall* a tone lewd from the outset

diesen allein; ein bißchen hielt die Beschwingtheit noch an, ein Summen, der Tanzschritt beim Schuhausziehen, ganz kurz der Wunsch, aus der Haut zu fahren, aber schon schleppte man sich durch das Zimmer, vom Mann zum Kind, vom Kind zum Mann, von einer Sache zur andern. Sie verrechnete sich jedesmal; zu Hause funktionierten die kleinen bürgerlichen Erlösungssysteme eben nicht mehr, weil die Lebensumstände – die Einzimmerwohnung, die Sorge um nichts als das tägliche Brot, die fast nur auf unwillkürliche Mimik, Gestik und verlegenen Geschlechtsverkehr beschränkte Verständigungsform mit dem LEBENSGEFÄHR-TEN – sogar noch vor-bürgerlich waren. Man mußte schon außer Haus gehen, um wenigstens ein bißchen etwas vom Leben zu haben. Draußen der Sieger-Typ, drinnen die schwächere Hälfte, der ewige Verlierer. Das war kein Leben! Sooft sie später davon erzählte – und sie hatte ein Bedürfnis, zu *erzählen* –, schüttelte sie sich zwischendurch oft vor Ekel und vor Elend, wenn auch so zaghaft, daß sie beides damit nicht *ab*schüttelte, sondern eher nur schaudernd wiederbelebte.

---

4. *aus der Haut zu fahren* (*literally:* to jump out of her hide) to change her life   9. *Erlösungssysteme* systems of salvation   12-15. *die . . . Verständigungsform . . . mit dem LEBENSGEFÄHRTEN* the form of communication with your LIFE COMPANION which was limited almost exclusively to instinctive mimicry, gestures and embarrassing sexual intercourse   23-25. *schüttelte sie sich . . . Elend* she shook with disgust and misery   27. *schaudernd wiederbelebte* revived it with horror

Ein lächerliches Schluchzen in der Toilette aus meiner Kinderzeit her, ein Schneuzen, rote Hasenaugen. Sie war; sie wurde; sie wurde nichts.

5 (Natürlich ist es ein bißchen unbestimmt, was da über jemand Bestimmten geschrieben steht; aber nur die von meiner Mutter als einer möglicherweise einmaligen Hauptperson in einer vielleicht einzigartigen Geschichte
10 ausdrücklich absehenden Verallgemeinerungen können jemanden außer mich selber betreffen – die bloße Nacherzählung eines wechselnden Lebenslaufs mit plötzlichem Ende wäre nichts als eine Zumutung.
15 Das Gefährliche bei diesen Abstraktionen und Formulierungen ist freilich, daß sie dazu neigen, sich selbständig zu machen. Sie vergessen dann die Person, von der sie ausgegangen sind – eine Kettenreaktion von Wen-
20 dungen und Sätzen wie Bilder im Traum, ein Literatur-Ritual, in dem ein individuelles Leben nur noch als Anlaß funktioniert. Diese zwei Gefahren – einmal das bloße Nacherzählen, dann das schmerzlose Ver-
25 schwinden einer Person in poetischen Sätzen

---

3. *rote Hasenaugen*   reddened eyes *[like a rabbit's]*   6. *jemand Bestimmten*   a definite person   7-11. *die von meiner Mutter . . . Verallgemeinerungen*   those generalizations which disregard my mother as a possibly unique main character in a possibly unique story   22. *als Anlaß funktioniert*   serves as a pretext

– verlangsamen das Schreiben, weil ich fürchte, mit jedem Satz aus dem Gleichgewicht zu kommen. Das gilt ja für jede literarische Beschäftigung, besonders aber in diesem Fall, wo die Tatsachen so übermächtig sind, daß es kaum etwas zum Ausdenken gibt.

Anfangs ging ich deswegen auch noch von den Tatsachen aus und suchte nach Formulierungen für sie. Dann merkte ich, daß ich mich auf der Suche nach Formulierungen schon von den Tatsachen entfernte. Nun ging ich von den bereits verfügbaren Formulierungen, dem gesamtgesellschaftlichen Sprachfundus aus statt von den Tatsachen und sortierte dazu aus dem Leben meiner Mutter die Vorkommnisse, die in diesen Formeln schon vorgesehen waren; denn nur in einer nicht-gesuchten, öffentlichen Sprache könnte es gelingen, unter all den nichtssagenden Lebensdaten die nach einer Veröffentlichung schreienden herauszufinden.

Ich vergleiche also den allgemeinen Formelvorrat für die Biographie eines Frauenlebens satzweise mit dem besonderen Leben meiner Mutter; aus den Übereinstimmungen und Widersprüchlichkeiten ergibt sich dann die

---

2-3. *aus dem Gleichgewicht zu kommen* lose balance 14-15. *dem gesamtgesellschaftlichen Sprachfundus* linguistic reservoir common to human society 20-22. *könnte es gelingen, . . . herauszufinden* could one succeed in finding, from among all those trivial data, those which cry out for publication

eigentliche Schreibtätigkeit. Wichtig ist nur, daß ich keine bloßen Zitate hinschreibe; die Sätze, auch wenn sie wie zitiert aussehen, dürfen in keinem Moment vergessen lassen, daß sie von jemand, zumindest für mich, Besonderem handeln – und nur dann, mit dem persönlichen, meinetwegen privaten Anlaß ganz fest und behutsam im Mittelpunkt, kämen sie mir auch brauchbar vor.

Eine andere Eigenart dieser Geschichte: ich entferne mich nicht, wie es sonst in der Regel passiert, von Satz zu Satz mehr aus dem Innenleben der beschriebenen Gestalten und betrachte sie am Ende befreit und in heiterer Feierstimmung von außen, als endlich eingekapselte Insekten – sondern versuche mich mit gleichbleibendem starren Ernst an jemanden heranzuschreiben, den ich doch mit keinem Satz ganz fassen kann, so daß ich immer wieder neu anfangen muß und nicht zu der üblichen abgeklärten Vogelperspektive komme.

Sonst gehe ich nämlich von mir selber und dem eigenen Kram aus, löse mich mit dem fortschreitenden Schreibvorgang immer mehr davon und lasse schließlich mich und den Kram fahren, als Arbeitsprodukt und

---

5-6. *daß sie . . . handeln* that they deal with somebody special at least for me   14-16. *in heiterer Feierstimmung . . . Insekten* (and I don't observe them) in a serene, festive mood from the outside like bugs which have finally been encapsulated   21. *der üblichen abgeklärten Vogelperspektive* the usual distanced bird's-eye view

Warenangebot – dieses Mal aber, da ich nur
der *Beschreibende* bin, nicht aber auch die
Rolle des *Beschriebenen* annehmen kann,
gelingt mir das Distanznehmen nicht. Nur
von mir kann ich mich distanzieren, meine   5
Mutter wird und wird nicht, wie ich sonst mir
selber, zu einer beschwingten und in sich
schwingenden, mehr und mehr heiteren
Kunstfigur. Sie läßt sich nicht einkapseln,
bleibt unfaßlich, die Sätze stürzen in etwas   10
Dunklem ab und liegen durcheinander auf
dem Papier.
»Etwas Unnennbares«, heißt es oft in Geschichten, oder: »Etwas Unbeschreibliches«,
und ich halte das meistens für faule Ausre-   15
den; doch diese Geschichte hat es nun wirk-
lich mit Namenlosem zu tun, mit sprachlosen
Schrecksekunden. Sie handelt von Momenten, in denen das Bewußtsein vor Grausen
einen Ruck macht; von Schreckzuständen, so   20
kurz, daß die Sprache für sie immer zu spät
kommt; von Traumvorgängen, so gräßlich,
daß man sie leibhaftig als Würmer im Bewußtsein erlebt. Atemstocken, erstarren,
»eine eisige Kälte kroch mir den Rücken hin-   25
auf, die Haare sträubten sich mir im Nacken«
– immer wieder Zustände aus einer Gespen-

---

3. *die Rolle des Beschriebenen annehmen kann* (can't) assume the role of the one who is
being described 7-9. *zu einer . . . Kunstfigur* a winged artistic figure in harmony with
itself and more and more serene 10-11. *stürzen in etwas Dunklem ab* crash into darkness
15. *faule Ausreden* cheap excuses 19-20. *das Bewußtsein . . . macht* the mind bolts
with horror 23. *daß man . . . erlebt* that one physically experiences them like worms in
the mind 26. *die Haare sträubten sich* hair stood on end

stergeschichte, beim Aufdrehen eines Was-
serhahns, den man schleunigst wieder
zudrehte, am Abend auf der Straße mit
einer Bierflasche in der Hand, nur eben Zustände, keine runde Geschichte mit einem zu
erwartenden, so oder so tröstlichen Ende.
Höchstens im Traumleben wird die Geschichte meiner Mutter kurzzeitig faßbar:
weil dabei ihre Gefühle so körperlich werden, daß ich diese als Doppelgänger erlebe
und mit ihnen identisch bin; aber das sind
gerade die schon erwähnten Momente, wo
das äußerste Mitteilungsbedürfnis mit der
äußersten Sprachlosigkeit zusammentrifft.
Deswegen fingiert man die Ordentlichkeit
eines üblichen Lebenslaufschemas, indem
man schreibt: »Damals – später«, »Weil –
obwohl«, »war – wurde – wurde nichts«, und
hofft, dadurch der Schreckensseligkeit Herr
zu werden. Das ist dann vielleicht das Komi-
sche an der Geschichte.)

Im Frühsommer 1948 verließ meine Mutter
mit dem Ehemann und den zwei Kindern,
das knapp einjährige Mädchen in einer Einkaufstasche, ohne Papiere den Ostsektor. Sie

5-6. *mit einem . . . Ende* with a predictable and either way comforting end   16. *eines*
üblichen Lebenslaufschemas of a usual biographical pattern   19-20. *dadurch der . . .*
werden to master the horrible bliss with it   25. *Ostsektor* Eastern Sector *[of Berlin, now*
East Berlin]

überquerten heimlich, jeweils im Morgengrauen, zwei Grenzen, einmal ein Haltruf eines russischen Grenzsoldaten und als Losungswort die slowenische Antwort der
Mutter, für das Kind ab damals eine Dreiheit   *5*
von Morgendämmerung, Flüstern und Ge-
fahr, eine fröhliche Aufregung auf der Eisenbahnfahrt durch Österreich, und wieder
wohnte sie in ihrem Geburtshaus, wo man
ihr und ihrer Familie in zwei kleinen Kam-   *10*
mern Quartier einräumte. Der Ehemann
wurde als erster Arbeiter beim Zimmermei-
sterbruder eingestellt, sie selber wieder ein
Teil der früheren Hausgemeinschaft.
Anders als in der Stadt war sie hier stolz, daß   *15*
sie Kinder hatte, und zeigte sich auch mit ihnen. Sie ließ sich von niemandem mehr etwas
sagen. Früher hatte sie höchstens ein bißchen
zurückgeprotzt; jetzt lachte sie die anderen
einfach aus. Sie konnte jeden so auslachen,   *20*
daß er ziemlich still wurde. Vor allem der
Ehemann wurde, sooft er von seinen vielen
Vorhaben erzählte, jedesmal so scharf aus-
gelacht, daß er bald stockte und nur noch
stumpf zum Fenster hinausschaute. Freilich   *25*
fing er am nächsten Tag frisch davon an. (In
diesen Auslachgeräuschen der Mutter wird

1-2. *überquerten heimlich . . . zwei Grenzen* secretly crossed two borders 12-13. *als erster
. . . eingestellt* was employed as a foreman with her brother, the master carpenter
17-18. *sie ließ . . . sagen* let nobody give her orders 19. *zurückgeprotzt* talked back
27. *Auslachgeräuschen* derisive laughter

die Zeit damals wieder lebendig!) So unterbrach sie auch die Kinder, wenn die sich etwas wünschten, indem sie sie auslachte; denn es war lächerlich, ernstlich Wünsche zu äußern. Inzwischen brachte sie das dritte Kind zur Welt.

Sie nahm wieder den heimischen Dialekt an, wenn auch nur spielerisch: eine Frau mit AUSLANDSERFAHRUNG. Auch die Freundinnen von früher lebten inzwischen fast alle wieder in dem Geburtsort; in die Stadt und über die Grenzen waren sie nur kurz einmal ausgeflogen.

Freundschaft in dieser zum Großteil aufs Wirtschaften und pure Auskommen beschränkten Lebensform bedeutete höchstens, daß man miteinander vertraut war, nicht aber, daß man dem andern auch etwas anvertraute. Es war ohnehin klar, daß jeder die gleichen Sorgen hatte – man unterschied sich nur darin, daß der eine sie halt leichter nahm und der andere schwerer, es war alles eine Temperamentssache.

Leute in dieser Bevölkerungsschicht, die gar keine Sorgen hatten, wurden wunderlich; Spinner. Die Betrunkenen wurden nicht redselig, nur noch schweigsamer, schlugen viel-

---

12-13. *nur kurz einmal ausgeflogen* had only briefly flown the coop 15. *pure Auskommen* mere subsistence. 23. *Temperamentssache* a matter of temperament 27. *schlugen vielleicht Krach* brawled perhaps

leicht Krach oder jauchzten einmal, versanken wieder in sich selber, bis sie in der Polizeistunde plötzlich rätselhaft zu schluchzen begannen und den Nächststehenden umarmten oder verprügelten. Es gab nichts von einem selber zu erzählen; auch in der Kirche bei der Osterbeichte, wo wenigstens einmal im Jahr etwas von einem selber zu Wort kommen konnte, wurden nur die Stichworte aus dem Katechismus hingemurmelt, in denen das Ich einem wahrhaftig fremder als ein Stück vom Mond erschien. Wenn jemand von sich redete und nicht einfach schnurrig etwas erzählte, nannte man ihn »eigen«. Das persönliche Schicksal, wenn es sich überhaupt jemals als etwas Eigenes entwickelt hatte, wurde bis auf Traumreste entpersönlicht und ausgezehrt in den Riten der Religion, des Brauchtums und der guten Sitten, so daß von den Individuen kaum etwas Menschliches übrigblieb; »Individuum« war auch nur bekannt als ein Schimpfwort. Der schmerzensreiche Rosenkranz; der glorreiche Rosenkranz; das Erntedankfest; die Volksabstimmungsfeier; die Damenwahl; das Bruderschafttrinken; das In-den-April-Schicken; die Totenwache; der Silvesterkuß:

– in diesen Formen veräußerlichten privater Kummer, Mitteilungsdrang, Unternehmungslust, Einmaligkeitsgefühl, Fernweh, Geschlechtstrieb, überhaupt jedes Gedankenspiel mit einer verkehrten Welt, in der alle Rollen vertauscht wären, und man war sich selber kein Problem mehr.

Spontan zu leben – am *Werk*tag spazierengehen, sich ein zweites Mal verlieben, als Frau allein im Gasthaus einen Schnaps trinken –, das hieß schon, eine Art von Unwesen treiben;»spontan« stimmte man höchstens in einen Gesang ein oder forderte einander zum Tanz auf.

Um eine eigene Geschichte und eigene Gefühle betrogen, fing man mit der Zeit, wie man sonst von Haustieren, zum Beispiel Pferden, sagte, zu»fremdeln« an: man wurde scheu und redete kaum mehr, oder wurde ein bißchen verdreht und schrie in den Häusern herum.

Die erwähnten Riten hatten dann eine Trostfunktion. Der Trost: er ging nicht etwa auf einen ein, man ging vielmehr in ihm auf; war endlich damit einverstanden, daß man als Individuum nichts, jedenfalls nichts Besonderes war.

1-4. *veräußerlichten privater Kummer . . . Geschlechtstrieb* in these forms, private sorrow, the urge to communicate, an enterprising spirit, a sense of being unique, a yearning to get away, the sex drive became externalized 5. *verkehrten Welt* a world turned upside down 11-12. *Unwesen treiben (here)* make trouble 18. *"fremdeln"* act frightened 23-24. *er ging . . . auf* it did not address itself to you, rather you were absorbed in it

Man erwartete endgültig keine persönlichen
Auskünfte mehr, weil man kein Bedürfnis
mehr hatte, sich nach etwas zu erkundigen.
Die Fragen waren alle zu Floskeln geworden,
und die Antworten darauf waren so stereo-   5
typ, daß man dazu keine *Menschen* mehr
brauchte, *Gegenstände* genügten: das süße
Grab, das süße Herz Jesu, die süße schmerzensreiche Madonna verklärten sich zu Fetischen für die eigene, die täglichen Nöte ver-   10
süßende Todessehnsucht; vor diesen tröstlichen Fetischen verging man. Und durch den
täglich gleichförmigen Umgang mit immer
denselben Sachen wurden auch diese einem
heilig; nicht das Nichtstun war süß, sondern   15
das Arbeiten. Es blieb einem ohnehin nichts
anderes übrig.
Man hatte für nichts mehr Augen. »Neugier«
war kein Wesensmerkmal, sondern eine
weibliche oder weibische Unart.   20
Aber meine Mutter hatte ein neugieriges
Wesen und kannte keine Trostfetische. Sie
versenkte sich nicht in die Arbeit, verrichtete
sie nur nebenbei und wurde so unzufrieden.
Der Weltschmerz der katholischen Religion   25
war ihr fremd, sie glaubte nur an ein diessei-
tiges Glück, das freilich wiederum nur etwas

7-10. *das süße Grab . . . Fetischen* the sweet grave, the sweet heart of Jesus, the sweet Lady
of Sorrows (*important stations in Jesus' Passion in Catholic devotional exercises*) were glorified
to fetishes 12-13. *vor diesen . . . man* with these comforting fetishes you swooned
17-18. *Es blieb . . . übrig* nothing else was left

Zufälliges war; sie selber hatte zufällig Pech
gehabt.
Sie würde es den Leuten noch zeigen!
Aber wie?
5 Wie gern wäre sie richtig leichtsinnig gewesen! Und dann wurde sie einmal wirklich
leichtsinnig:»Heute war ich leichtsinnig und
habe mir eine Bluse gekauft.« Immerhin, und
das war in ihrer Umgebung schon viel, ge-
10 wöhnte sie sich das Rauchen an und rauchte
sogar in der Öffentlichkeit.
Viele Frauen in der Gegend waren heimliche
Trinkerinnen; ihre dicken schiefen Lippen
stießen sie ab: damit konnte man es nieman-
15 dem zeigen. Höchstens wurde sie beschwipst
– und trank dann mit jemandem Bruderschaft. Auf diese Weise stand sie bald mit
den jüngeren Honoratioren auf du und du.
Sie war in der Gesellschaft, die sich sogar in
20 dem kleinen Ort, aus den wenigen Bessergestellten, gebildet hatte, gern gesehen. Einmal
gewann sie als Römerin auf einem Kostümball den ersten Preis. Zumindest beim Vergnügen gab sich die ländliche Gesellschaft
25 klassenlos, sofern man nur GEPFLEGT und
LUSTIG UND FIDEL war.

1-2. *Pech gehabt* had bad luck   10. *gewöhnte sie sich das Rauchen an* took up smoking
14-15. *damit konnte man es niemandem zeigen* that wasn't the way to show them
16. *trank . . . Bruderschaft* changed from the "Sie"-form of address to "Du" celebrated
with a drink   17-18. *stand sie . . . und du* with the younger town dignitaries she soon used
the familiar "du"   20. *aus den wenigen Bessergestellten* of the few who were better off

Zu Hause war sie »die Mutter«, auch der
Ehemann nannte sie öfter so als bei ihrem
Vornamen. Sie ließ es sich gefallen, das Wort
beschrieb das Verhältnis zu ihrem Mann auch
besser; er war ihr nie so etwas wie ein Schatz   5
gewesen.
Sie war es nun, die sparte. Das Sparen
konnte freilich kein Beiseitelegen von Geld
sein wie bei ihrem Vater, es mußte ein *Ab-*
sparen sein, ein Einschränken der Bedürf-   10
nisse wo weit, daß diese bald als GELÜSTE
erschienen und noch weiter eingeschränkt
wurden.
Aber auch innerhalb dieses kümmerlichen
Spielraums beschwichtigte man sich damit,   15
daß man zumindest das *Schema* einer bürgerlichen Lebensführung nachahmte: noch
immer gab es eine wenn auch lachhafte Ein-
teilung der Güter in notwendige, bloß nützli-
che und luxuriöse.   20
Notwendig war dann nur das Essen; nützlich
das Heizmaterial für den Winter; alles andere
war schon Luxus.
Daß dafür noch einiges übrigblieb, half wenigstens einmal in der Woche zu einem klei-   25
nen stolzen Lebensgefühl: »Uns geht es immer noch besser als anderen.«

3. *ließ es sich gefallen*   went along with it   8. *Kein Beiseitelegen von Geld*   not a setting
aside of money   10. Ab*sparen*   scrimping   18-19. *noch immer . . . Güter*   still there was
a division, though ridiculous, of goods   26-27. *"Uns geht es immer noch besser"*   we are
still better off

Man leistete sich also folgenden Luxus: eine
Kinokarte in der neunten Reihe und danach
ein Glas gespritzten Wein; eine Tafel Bensdorp-Schokolade um einen oder zwei Schilling für die Kinder am nächsten Morgen; einmal im Jahr eine Flasche selbsterzeugten
Eierlikör; manchmal im Winter sonntags den
Schlagrahm, den man die Woche hindurch
gesammelt hatte, indem man den Milchtopf
über Nacht jeweils zwischen die beiden Winterfensterscheiben stellte. War das dann ein
Fest! würde ich schreiben, wenn das meine
eigene Geschichte wäre; aber es war nur das
sklavenhafte Nachäffen einer unerreichba-
ren Lebensart, das Kinderspiel vom irdischen
Paradies.
Weihnachten: das, was ohnedies nötig war,
wurde als Geschenk verpackt. Man über-
raschte einander mit dem Notwendigen, mit
Unterwäsche, Strümpfen, Taschentüchern,
und sagte, daß man sich gerade das auch
GEWÜNSCHT hätte! Auf diese Weise spielte
man bei fast allem, außer beim Essen, den
Beschenkten; ich war aufrichtig dankbar
zum Beispiel für die notwendigsten Schulsachen, legte sie wie Geschenke neben das
Bett.

---

3. *gespritzten Wein* wine with some plain soda added   3-4. *Tafel Bensdorp-Schokolade*
a bar of Bensdorp chocolate   4. *Schilling* Austrian currency   6-7. *selbsterzeugten Eierlikör* homemade eggnog   10-11. *die beiden Winterfensterscheiben* the two storm
windows   14-15. *das . . . Lebensart* the slavish aping of an unattainable way of living
25. *den Beschenkten* recipient of gifts

Ein Leben nicht über die Verhältnisse, von
Monatsstunden bestimmt, die sie für den
Ehemann zusammenrechnete, gierig auf ein
halbes Stündchen hier und dort, Furcht vor
einer kaum bezahlten Regenschicht, wo der   5
Mann dann schwätzend neben ihr in dem
kleinen Raum saß oder beleidigt aus dem
Fenster stierte.
Im Winter die Arbeitslosenunterstützung für
das Baugewerbe, die der Mann fürs Trinken   10
ausgab. Von Gasthaus zu Gasthaus, um ihn
zu suchen; schadenfroh zeigte er ihr dann den
Rest. Schläge, unter denen sie wegtauchte;
sie redete nicht mehr mit ihm, stieß so die
Kinder ab, die sich in der Stille ängstigten   15
und an den zerknirschten Vater hängten.
Hexe! Die Kinder schauten feindselig, weil
sie so unversöhnlich war. Sie schliefen mit
klopfendem Herzen, wenn die Eltern ausgegangen waren, verkrochen sich unter die   20
Decke, sobald gegen Morgen der Mann die
Frau durch das Zimmer stieß. Sie blieb immer wieder stehen, trat einen Schritt vor,
wurde kurzerhand weitergestoßen, beide in
verbissener Stummheit, bis sie endlich den   25
Mund aufmachte und ihm den Gefallen tat:
»Du Vieh! Du Vieh!«, worauf er sie dann

1. *nicht über die Verhältnisse* not beyond their means 5. *einer kaum bezahlten Regenschicht* a work shift which was rained out and payed minimally 13. *Schläge, . . . wegtauchte* blows from which she dived away 24-25. *wurde kurzerhand . . . Stummheit*
she was simply shoved again, both in obstinate silence 26. *ihm den Gefallen tat* did him
the favor

richtig schlagen konnte, worauf sie ihn nach jedem Schlag kurz auslachte. Sonst schauten sie einander kaum an, in diesen Momenten der offenen Feindschaft aber, er von unten herauf, sie von oben herab, blickten sie sich unentwegt tief in die Augen. Die Kinder unter der Decke hörten nur das Geschiebe und Geatme und manchmal das Schüttern des Geschirrs in der Kredenz. Am nächsten Morgen machten sie sich dann das Frühstück selber, während der Mann ohnmächtig im Bett lag und die Frau neben ihm sich mit geschlossenen Augen schlafend stellte. (Sicher: diese Schilderungsform wirkt wie abgeschrieben, übernommen aus anderen Schilderungen; austauschbar; ein altes Lied; ohne Beziehung zur Zeit, in der sie spielt; kurz: »19. Jahrhundert«; – aber das gerade scheint notwendig; denn so verwechselbar, aus der Zeit, ewig einerlei, kurz, 19. Jahrhundert, waren auch noch immer, jedenfalls in dieser Gegend und unter den skizzierten wirtschaftlichen Bedingungen, die zu schildernden Begebenheiten. Und heute noch die gleiche Leier: am Schwarzen Brett im Gemeindeamt sind fast nur Wirtshausverbote angeschlagen.)

8-9. *Geschiebe . . . Kredenz* the shoving and breathing and sometimes the rattling of the china in the sideboard 13-14. *sich mit geschlossenen Augen schlafend stellte* with closed eyes pretended to be asleep 14. *Schilderungsform* form of description 24. *die zu schildernden Begebenheiten* the events to be described 25-27. *am schwarzen Brett . . . angeschlagen* the same song still today: the bulletin board at City Hall is almost entirely filled with tavern notices *[prohibiting certain named individuals from entering any establishment serving liquor]*

Sie lief nie weg. Sie wußte inzwischen, wo
ihr Platz war. »Ich warte nur, bis die Kinder
groß sind.« Eine dritte Abtreibung, diesmal
mit einem schweren Blutsturz. Kurz vor ih-
rem vierzigsten Lebensjahr wurde sie noch   *5*
einmal schwanger. Eine weitere Abtreibung
war nicht mehr möglich, und sie trug das Kind
aus.

Das Wort »Armut« war ein schönes, irgend-
wie edles Wort. Es gingen von ihm sofort   *10*
Vorstellungen wie aus alten Schulbüchern
aus: arm, aber sauber. Die Sauberkeit
machte die Armen gesellschaftsfähig. Der
soziale Fortschritt bestand in einer Reinlich-
keitserziehung; waren die Elenden sauber   *15*
geworden, so wurde »Armut« eine Ehrenbe-
zeichnung. Das Elend war dann für die Be-
troffenen selber nur noch der Schmutz der
Asozialen in einem anderen Land.
»Das Fenster ist die Visitenkarte des Bewoh-   *20*
ners.«
So gaben die Habenichtse gehorsam die fortschrittlich zu ihrer Sanierung bewilligten
Mittel für ihre eigene Stubenreinheit aus. Im
Elend hatten sie die öffentlichen Vorstellun-   *25*

3. *groß* grown-up   10. *gingen (Vorstellungen aus)* images were evoked   14-15. *Rein-*
lichkeitserziehung education to cleanliness   17-18. *Das Elend . . . selber* for the poor
themselves, poverty was   22-24. *die fortschrittlich . . . Stubenreinheit* (spent) the funds
appropriated in a progressive gesture for the improvement of their own cleanliness

gen noch mit abstoßenden, aber gerade darum konkret erlebbaren Bildern gestört, nun, als sanierte, gesäuberte »ärmere Schicht«, wurde ihr Leben so über jede Vorstellung abstrakt, daß man sie vergessen konnte. Vom Elend gab es sinnliche Beschreibungen, von der Armut nur noch Sinnbilder.

Und die sinnlichen Elendsbeschreibungen zielten auch nur auf das körperlich Eklige am Elend, ja *produzierten* den Ekel erst mit ihrer genießerischen Art der Beschreibung, wodurch der Ekel, statt sich in einen Tätigkeitsdrang zu verwandeln, einen bloß an die eigene Analphase erinnerte, als man noch Scheiße gegessen hatte.

Zum Beispiel kam es in einigen Haushalten vor, daß die einzige Schüssel in der Nacht als Leibschüssel verwendet wurde und daß man am nächsten Tag darin den Teig knetete. Die Schüssel wurde sicher vorher mit kochendem Wasser ausgewaschen, und eigentlich war also nicht viel dabei: aber einfach, indem man den Vorgang *beschrieb,* wurde er auch verekelt:»Sie verrichten die Notdurft in den gleichen Topf, aus dem sie dann essen.« – »Brr!« Wörter vermitteln ja diese Art

---

4-5. *wurde ihr Leben so über jede Vorstellung abstrakt* their life thus became so abstract beyond any imagination 9-10. *die sinnlichen . . . am Elend* the sensuous descriptions of poverty only aimed at the physically repulsive aspects of poverty 13-14. *statt sich . . . verwandeln* instead of being transformed into an urge for action 19. *als Leibschüssel verwendet wurde* used as a chamberpot 23. *war also nicht viel dabei* there was nothing much to it 25. *verrichteten die Notdurft* relieved themselves

von passiv-wohligem Ekel viel eher als der
bloße Anblick der von ihnen bezeichneten
Sachen. (Eigene Erinnerung, jeweils bei der
literarischen Beschreibung von Eidotterflek-
ken auf Morgenmänteln zusammengeschau-   5
ert zu sein.) Daher mein Unbehagen bei
Elendsbeschreibungen; denn an der reinli-
chen, doch unverändert elenden Armut gibt
es nichts zu beschreiben.
Beim Wort »Armut« denke ich also immer: 10
es war einmal; und man hört es ja auch meist
aus dem Mund von Personen, die es über-
standen haben, als ein Wort aus der Kindheit;
nicht »Ich war arm«, sondern »Ich war ein
Kind armer Leute« (Maurice Chevalier); ein   15
niedlich-putziges Memoirensignal. Aber bei
dem Gedanken an die Lebensbedingungen
meiner Mutter gelingt mir nicht diese Erinnerungshäkelei. Von Anfang an erpreßt, bei
allem nur ja die Form zu wahren: schon in   20
der Schule hieß für die Landkinder das Fach,
das den Lehrern bei Mädchen das allerwich-
tigste war, »Äußere Form der schriftlichen
Arbeiten«; später fortgesetzt in der Aufgabe
der Frau, die Familie nach außenhin zusam-   25
menzuhalten; keine fröhliche Armut, son-
dern ein formvollendetes Elend; die täglich

1. *passiv-wohligem Ekel* passively comfortable disgust 3-5. *jeweils . . . zusammen-
geschaudert zu sein* to have shuddered at the literary description of egg yolk stains on a robe
15. *Maurice Chevalier* popular French chanson *singer* 16. *niedlich-putziges Memoirensignal* a cute, droll cue-line in memoirs 18. *Erinnerungshäkelei* crocheting of a memory
23. *Äußere Form* outward appearance (*i.e., neatness, handwriting*) 25-26. die Familie
. . . zusammenzuhalten to keep the family together for the outside world

neue Anstrengung, sein Gesicht zu behalten, das dadurch allmählich seelenlos wurde. Vielleicht hätte man sich im formlosen Elend wohler gefühlt, wäre zu einem minimalen proletarischen Selbstbewußtsein gekommen. Aber in der Gegend gab es keine Proletarier, nicht einmal Proleten, höchstens lumpige Armenhäusler; niemand, der frech wurde; die gänzlich Ausgebrannten genierten sich nur, die Armut war tatsächlich eine Schande.

Meiner Mutter war das immerhin so wenig selbstverständlich geworden, daß die ewige Nötigung sie erniedrigen konnte. Einmal symbolisch gesprochen: sie gehörte nicht mehr zu den EINGEBORENEN, DIE NOCH NIE EINEN WEISSEN GESEHEN HATTEN, sie war imstande, sich ein Leben vorzustellen, das nicht nur lebenslängliches Haushalten war. Es brauchte nur jemand mit dem kleinen Finger zu winken, und sie wäre auf die richtigen Gedanken gekommen.
Hätte, wäre, würde.
Was wirklich geschah:
Ein Naturschauspiel mit einem menschlichen Requisit, das dabei systematisch entmenscht wurde. Ein Bittgang nach dem andern zum

---

4-5. *wäre zu* . . . *gekommen* if anyone had acquired a minimally proletarian self-consciousness 8. *frech* (*here*) rebellious 9. *die gänzlich Ausgebrannten genierten sich* those totally impoverished were embarrassed 12-13. *daß die* . . . *konnte* that constant constraint could humiliate her 18. *nicht nur lebenslängliches Haushalten* not just lifelong housekeeping 24-26. *menschlichen* . . . *entmenscht wurde* a human prop that was systematically dehumanized in the process

Bruder, die Entlassung des trunksüchtigen
Ehemanns noch einmal rückgängig zu
machen; ein Anflehen des Schwarzhörer-
Aufspürers, von einer Anzeige wegen des
nichtangemeldeten Rundfunkapparats doch   *5*
abzustehen; die Beteuerung, sich eines Wohn-
baudarlehens auch ja als Staatsbürgerin
würdig zu erweisen; der Weg von Amt zu
Amt, um sich die Bedürftigkeit bestätigen zu
lassen; der jährlich von neuem benötigte   *10*
Mittellosigkeitsnachweis für den inzwischen
studierenden Sohn; Ansuchen um Krankengeld, Kinderbeihilfe, Kirchensteuerermäßigung – das meiste im gnädigen Ermessen,
aber auch das, auf was man gesetzlichen An-   *15*
spruch hatte, mußte man immer wieder so
genau nachweisen, daß man das endliche
Genehmigt! dankbar als Gnadenerweis
nahm.

Keine Maschinen im Haus; alles wurde noch   *20*
mit der Hand gemacht. Gegenstände aus einem vergangenen Jahrhundert, im allgemeinen Bewußtsein verklärt zu Erinnerungs-
stücken: nicht nur die Kaffeemühle, die ja
ohnedies ein liebgewordenes Spielzeug war   *25*

3-6. *ein Anflehen des Schwarzhörer-Aufspürers . . . abzustehen*   a plea with the radio spot-
ter not to file a complaint because she had failed to register her radio *[Schwarzhörer – listeners who don't pay the monthly fee for the public, non-commercial radio service]*   11. *Mittellosigkeitsnachweis* certificate of indigence   13. *Kinderbeihilfe* child support;
13. *Kirchensteuerermäßigung* reduction in church taxes   14. *im gnädigen Ermessen*
by gracious estimation   15-16.   *gesetzlichen Anspruch (auf)* legal claim

— auch die BEHÄBIGE Waschrumpel, der GEMÜTLICHE Feuerherd, die an allen Ecken geflickten LUSTIGEN Kochtöpfe, der GE-FÄHRLICHE Schürhaken, der KECKE Leiterwa-
gen, die TATENDURSTIGE Unkrautsichel, die von den RAUHBEINIGEN Scherenschleifern im Lauf der Jahre fast bis zur stumpfen Seite hin zerschliffenen BLITZBLANKEN Messer, der NECKISCHE Fingerhut, der TOLLPATSCHIGE Stopfpilz, das BULLIGE Bügeleisen, das für Abwechslung sorgte, indem es immer wieder zum Nachwärmen auf die Herdplatte gestellt wurde, und schließlich das GUTE STÜCK, die fuß- und handbetriebene »Singer«-Nähma-schine; — woran wieder nur die Aufzählung das heimelige ist.

Aber eine andre Methode der Aufzählung wäre natürlich genauso idyllisch: die Rük-kenschmerzen; die an der Kochwäsche ver-brühten, dann an der Wäscheleine rotgefro-renen Hände; — wie die gefrorene Wäsche beim Zusammenfalten krachte! —; ein Na-senbluten manchmal beim Aufrichten aus der gebückten Stellung; Frauen, so in Ge-danken, alles nur ja schnell zu erledigen, daß sie mit dem gewissen Blutfleck hinten am Kleid selbstvergessen zum Einkaufen gingen;

1. *BEHÄBIGE Waschrumpel* STOUT washboard 4. *GEFÄHRLICHE Schürhaken* DAN-GEROUS poker 4. *KECKE Leiterwagen* BOLD open wagon 5. *TATENDURSTIGE Unkrautsichel* ENTERPRISING weed sickle 6. *RAUHBEINIGEN Scherenschleifern* ROUGH scissor-grinders *[persons who sharpened scissors and tools]* 9. *NECKISCHE Fingerhut* CUTE thimble 9. *TOLLPATSCHIGE Stopfpilz* CLUMSY darning egg 10. *BULLIGE Bügeleisen* BURLY iron 19-20. *an der Kochwäsche . . . Hände* hands burned in the wash, then reddened by frost at the clothesline *[Kochwäsche — laundry was boiled for cleaning]*

das ewige Gejammer über die kleinen Wehwehchen, geduldet, weil man schließlich
nur eine Frau war; Frauen unter sich: kein
»Wie geht's?«, sondern »Geht's schon bes-
ser?«.   *5*
Das kennt man. Es beweist nichts; ist jeder
Beweiskraft entzogen durch das Vorteile-
Nachteile-Denken, das böseste der Lebensprinzipien.
»Alles hat nun einmal seine Vor- und Nach-   *10*
teile«, und schon wird das Unzumutbare zu-
mutbar – als Nachteil, der wiederum nichts
als eine notwendige Eigenheit jedes Vorteils
ist.
Die Vorteile waren in der Regel nur man-   *15*
gelnde Nachteile: *kein* Lärm, *keine* Verant-
wortung, *keine* Arbeit für Fremde, *kein* täg-
liches Getrenntsein vom Haus und von den
Kindern. Die tatsächlichen Nachteile wurden
also durch die *fehlenden* aufgehoben.   *20*
Alles daher nicht halb so schlimm; man
wurde spielend damit fertig, im Schlaf. Nur
war bei dem allem kein Ende abzusehen.
Heute war gestern, gestern war alles beim
alten. Wieder ein Tag geschafft, schon wieder   *25*
eine Woche vorbei, ein schönes neues Jahr.
Was gibt es morgen zum Essen? Ist der Brief-

1. *Wehwehchen*   insignificant pain *[children's language]*   6-9. *ist jeder Beweiskraft . . .
Lebensprinzipien*   robbed of all demonstrative power by thinking in terms of advantages
and disadvantages, the most evil of life's principles   11-12. *wird das Unzumutbare zumutbar*
the unreasonable demand becomes reasonable   23. *kein Ende abzusehen*   no end in
sight   24-25. *war alles beim alten*   everything was as it had been   25. *geschafft* (*here*)
done

träger schon gekommen? Was hast du den
ganzen Tag zu Hause gemacht?
Auftischen, abräumen; »Sind jetzt alle versorgt?«; Vorhänge auf, Vorhänge zu; Licht
an, Licht aus; »Ihr sollt nicht immer im Bad
das Licht brennen lassen!«; zusammenfalten,
auseinanderfalten; ausleeren, füllen; Stecker
rein, Stecker raus. »So, das war's für heute.«
Die erste Maschine: ein elektrisches Bügeleisen; ein Wunderding, das man sich »schon
immer gewünscht hatte«. Verlegenheit, als
sei man so eines Gerätes nicht würdig: »Wo-
mit habe ich das verdient? Aber ab jetzt
werde ich mich schon jedesmal auf das Bü-
geln freuen! Vielleicht habe ich dann auch
ein bißchen mehr Zeit für mich selber?«
Der Mixer, der Elektroherd, der Kühlschrank, die Waschmaschine: immer mehr
Zeit für einen selber. Aber man stand nur
wie schrecksteif herum, schwindlig von dem
langen Vorleben als bestes Stück und Heinzelmännchen. Auch mit den Gefühlen hatte
man so sehr haushalten müssen, daß man sie
höchstens noch in Versprechern äußerte und
sie dann sofort überspielen wollte. Die frü-
here Lebenslust des ganzen Körpers zeigte
sich nur noch manchmal, wenn an der stillen,

---

12. *als sei man . . . würdig*   as if one was not worthy of such an appliance   20. *schrecksteif*
stiff with fright   20-22. *schwindlig . . . Heinzelmännchen*   dizzy by her exemplary long
life as the best "piece" and good fairy *[Heinzelmännchen: helpful gnomes in a legend about
the city of Cologne]*   24. *in Versprechern*   slips of the tongue

schweren Hand verstohlen und schamhaft ein Finger zuckte, worauf diese Hand auch sofort von der anderen zugedeckt wurde.

Meine Mutter wurde nun aber nicht endgültig etwas Verschüchtertes, Wesenloses. Sie fing an, sich zu behaupten. Weil sie sich nicht mehr zu zerfransen brauchte, kam sie allmählich zu sich. Die Flattrigkeit legte sich. Sie zeigte den Leuten das Gesicht, mit dem sie sich halbwegs wohl fühlte.
Sie las Zeitungen, noch lieber Bücher, wo sie die Geschichten mit dem eigenen Lebenslauf vergleichen konnte. Sie las mit mir mit, zuerst Fallada, Knut Hamsun, Dostojewski, Maxim Gorki, dann Thomas Wolfe und William Faulkner. Sie äußerte nichts Druckreifes darüber, erzählte nur nach, was ihr besonders aufgefallen war.»So bin ich aber doch nicht«, sagte sie manchmal, als hätte der jeweilige Autor *sie* höchstpersönlich beschrieben. Sie las jedes Buch als Beschreibung des eigenen Lebens, lebte dabei auf; rückte mit dem Lesen zum ersten Mal mit sich selber heraus; lernte, von *sich* zu reden; mit jedem Buch fiel ihr mehr dazu ein. So erfuhr ich allmählich etwas von ihr.

8. *Flattrigkeit legte sich* flightiness subsided   14. *Fallada (Rudolf Ditzen)* German novelist popular in the 1920's and 30's (1893-1947)   14. *Knut Hamsun* Norwegian novelist 1859-1952)   14. *Dostojewski* Russian novelist (1821-1881)   14. *Maxim Gorki* Russian author (1868-1936)   16. *nichts Druckreifes* nothing fit to print   17-18. *was ihr besonders aufgefallen war* what had especially caught her attention   22-23. *rückte . . . heraus* came out of her shell with her reading

Bisher hatte sie sich selber nervös gemacht, die eigene Gegenwart war ihr unbehaglich; beim Lesen und Reden nun versank sie und tauchte mit einem neuen Selbstgefühl wieder auf. »Ich werde noch einmal jung dabei.« Freilich las sie die Bücher nur als Geschichten aus der Vergangenheit, niemals als Zukunftsträume; sie fand darin alles Versäumte, das sie nie mehr nachholen würde. Sie selber hatte sich jede Zukunft schon zu früh aus dem Kopf geschlagen. So war der zweite Frühling jetzt eigentlich nur eine Verklärung dessen, was man einmal mitgemacht hatte.

Die Literatur brachte ihr nicht bei, von jetzt an an sich selber zu denken, sondern beschrieb ihr, daß es dafür inzwischen zu spät war. Sie HÄTTE eine Rolle spielen KÖNNEN. Nun dachte sie höchstens AUCH EINMAL an sich selber und genehmigte sich also ab und zu beim Einkaufen im Gasthaus einen Kaffee, kümmerte sich nicht mehr SO SEHR darum, was die Leute dazu meinten.

Sie wurde nachsichtig zum Ehemann, ließ ihn ausreden; stoppte ihn nicht mehr schon beim ersten Satz mit dem allzu heftigen Nicken, das ihm gleich das Wort aus dem Mund

---

13. *mitgemacht* experienced   15. *brachte ihr nicht bei* didn't teach her

nahm. Sie hatte Mitleid mit ihm, war überhaupt oft wehrlos vor lauter Mitleid – wenn der andere auch gar nicht litt, man sich ihn vielleicht nur in der Umgebung eines Gegenstandes vorstellte, der einem ganz besonders die überstandene eigene Verzweiflung bezeichnete: einer Waschschüssel mit abgesprungenem Email, eines winzigen Elektrokochers, schwarz von der immer wieder übergegangenen Milch.

War einer der Angehörigen abwesend, kamen ihr von ihm nur noch Einsamkeitsbilder; nicht mehr bei ihr zu Hause, konnte er nur ganz allein sein. Kälte, Hunger, Anfeindungen: und sie war dafür verantwortlich. Auch den verachteten Ehemann schloß sie in diese Schuldgefühle ein, sorgte sich ernsthaft um ihn, wenn er ohne sie auskommen mußte; sogar im Krankenhaus, wo sie öfter war, einmal mit Krebsverdacht, lag sie mit schlechtem Gewissen, weil der Mann zu Hause inzwischen wahrscheinlich nur Kaltes aß.

Vor Mitgefühl für den andern, von ihr Getrennten, fühlte sie sich selber nie einsam; eine schnell vorübergehende Verlassenheit nur, wenn er sich ihr wieder aufhalste; die unüberwindliche Abneigung vor dem hän-

5

10

15

20

25

6-7. *die überstandene eigene Verzweiflung bezeichnete* which symbolized above all her own desperation which she had overcome   7-8. *abgesprungenem Email* cracked enamel
10. *übergegangenen* boiled over   11-12. *kamen ihr von ihm nur noch Einsamkeitsbilder* she envisioned him only in images of loneliness   20. *Krebsverdacht* suspicion of cancer
22. *Kaltes* cold food   26. *er . . . aufhalste* he burdened her again

genden Hosenboden, den geknickten Knien.
»Ich möchte zu einem Menschen hinauf-
schauen können«; jedenfalls war es nichts,
jemanden immer nur verachten zu müssen.
Dieser spürbare Überdruß schon bei der er-
öffnenden Geste, im Laufe der Jahre verwandelt in ein geduldiges Sich-zurecht-Setzen, in ein höfliches Aufblicken von einer
Sache, mit der sie sich gerade beschäftigte,
knickten den Mann nur noch mehr.
KNIEWEICH hatte sie ihn immer genannt. Oft
machte er den Fehler, sie zu fragen, warum
sie ihn denn nicht leiden könne – natürlich
antwortete sie jedesmal: »Wie kommst du
denn darauf?« Er ließ nicht nach und fragte
sie wieder, ob er wirklich so abstoßend sei,
und sie beschwichtigte ihn und verabscheute
ihn darauf nur um so mehr. Daß sie zusammen älter wurden, rührte sie nicht, war aber
nach außen hin beruhigend, weil er sich ab-
gewöhnte, sie zu schlagen, und nicht mehr
gegen sie anstank.
Von der Arbeit überanstrengt, bei der man
ihm täglich die gleiche Schufterei abverlangte, bei der nichts herauskam, wurde er
kränklich und sanft. Aus seinem Dösen er-
wachte er zu einer wirklichen Einsamkeit, auf

---

1. *hängenden . . . Knien* dropping seat of his trousers, the bent knees 7. *verwandelt . . . Sich-zurecht-Setzen* transformed into a patient setting-oneself-down correctly 11. *KNIE-WEICH* WEAK-KNEED 22. *gegen sie anstank* offended her with his smell 24. *die gleiche . . . herauskam* demanded the same old drudgery which got him nowhere

die sie aber nur in seiner Abwesenheit antworten konnte.
Sie hatten sich nicht auseinandergelebt; denn
sie waren nie richtig zusammen gewesen. Ein
Briefsatz:»Mein Mann ist ruhig geworden.«   *5*
Auch sie lebte ruhiger mit ihm, selbstbewußt
bei dem Gedanken, daß sie ihm ein lebens-
langes Geheimnis blieb.

Nun interessierte sie sich auch für die Politik,
wählte nicht mehr die Partei ihres Bruders,   *10*
die der Ehemann als dessen Bediensteter ihr
bis jetzt immer vorgewählt hatte, sondern die
Sozialisten; und mit der Zeit wählte auch ihr
Mann sozialistisch, im Bedürfnis, sich an sie
anzulehnen. Sie glaubte aber nie, daß die Po-   *15*
litik ihr auch persönlich helfen könnte. Sie
gab ihre Stimme ab, als Gunst, von vornherein, ohne dafür eine Gegenleistung zu erwar-
ten.»Die Sozialisten kümmern sich mehr um
die Arbeiter« – aber sie selber fühlte sich   *20*
nicht als eine Arbeiterin.
Das, was sie immer mehr beschäftigte, je weniger sie bloß wirtschaften mußte, kam in
dem, was ihr vom sozialistischen System
übermittelt wurde, nicht vor. Mit ihrem in   *25*

3. *auseinandergelebt* grown apart   11-12. *vorgewählt hatte* had voted for, setting an
example for her   17. *Stimme* vote

die Träume verdrängten sexuellen Ekel, den
von Nebel feuchten Bettüchern, der niedri-
gen Decke über dem Kopf blieb sie allein.
Was sie wirklich betraf, war nicht politisch.
Natürlich war da ein Denkfehler – aber wo?
Und welcher Politiker erklärte ihr den? Und
mit welchen Worten?
Politiker lebten in einer anderen Welt. Wenn
man mit ihnen sprach, antworteten sie nicht,
sondern gaben Stellungnahmen ab. »Über
das meiste kann man ohnehin nicht reden.«
Nur was man bereden konnte, war Sache der
Politik; mit dem andern mußte man allein
fertig werden oder es mit seinem Herrgott
abmachen. Man würde auch zurückschrek-
ken, sobald ein Politiker wirklich auf einen
einginge. Das wäre nur Anschmeißerei.

Allmählich kein »man« mehr; nur noch
»sie«.

Sie gewöhnte sich außer Haus eine würdige
Miene an, schaute auf dem Beifahrersitz in
dem Gebrauchtwagen, den ich ihr gekauft
hatte, streng geradeaus. Auch zu Hause
schrie sie nicht mehr so beim Niesen und
lachte weniger laut.

1-2. *in die Träume . . . Bettüchern* with her sexual disgust displaced into dreams, her bed-
sheets dampened by fog 10. *gaben Stellungnahmen ab* made position statements
14-15. *es mit seinem Herrgott abmachen* settle it with the Lord 17. *Anschmeißerei*
fawning, bootlicking

(Bei der Beerdigung erinnerte sich dann der jüngste Sohn, wie er sie früher einmal schon von weitem oben im Haus vor Lachen schreien gehört hatte.)

Beim Einkaufen grüßte sie mehr andeutungsweise nach links und rechts, ging öfter zum Friseur, ließ sich die Fingernägel maniküren. Das war nicht mehr die vorgefaßte Würde, mit der sie im Nachkriegselend das Spießrutenlaufen bestehen wollte – niemand konnte sie wie damals mit einem Blick aus der Fassung bringen.

Bloß zu Hause, wo sie in der neuen aufrechten Haltung am Tisch saß, während der Ehemann mit dem Rücken zu ihr, das Hemd hinten aus der Hose, die Hände bis zum Grund in den Taschen, stumm, nur ab und zu in sich hineinhustend, ins Tal hinunterschaute, und der jüngste Sohn in der Ecke auf dem Küchensofa rotzaufziehend ein Micky-Maus-Heft las, klopfte sie mit dem Knöchel oft böse auf die Tischkante und legte dann plötzlich die Hände auf die Wangen. Darauf ging der Mann vielleicht manchmal hinaus vor die Haustür, räusperte sich dort eine Zeitlang und kam wieder herein. Sie saß schief da, ließ den Kopf hängen, bis der Sohn ein Brot geschmiert haben wollte. Zum Aufstehen mußte sie sich dann mit beiden Händen aufhelfen.

Ein anderer Sohn fuhr ohne Führerschein das Auto kaputt und wurde dafür eingesperrt. Er trank wie der Vater, und sie ging wieder von Wirtshaus zu Wirtshaus. Diese Brut! Er ließ sich von ihr nichts sagen, sie sagte ja immer das gleiche, ihr fehlte der Wortschatz, der auf ihn einwirken konnte. »Schämst du dich nicht?« – »Ich weiß«, sagte er. – »Such dir wenigstens woanders ein Zimmer.« – »Ich weiß.« Er blieb im Haus wohnen, verdoppelte dort den Ehemann, beschädigte noch das nächste Auto. Sie stellte ihm die Tasche vors Haus, er ging ins Ausland, sie träumte das Schlimmste von ihm, schrieb ihm »Deine traurige Mutter«, und er kam sofort zurück; und so weiter. Sie fühlte sich schuldig an allem. Sie nahm es schwer.

Und dann die immergleichen Gegenstände, die in den immergleichen Winkeln zu ihr standen! Sie versuchte, unordentlich zu werden, aber dazu hatten sich die täglichen Handgriffe schon zu sehr verselbständigt. Gern wäre sie einfach so weggestorben, aber sie hatte Angst vor dem Sterben. Sie war auch

4-5. *fuhr . . . das Auto kaputt* demolished the car 7-8. *ließ sich nichts von ihr sagen* didn't listen to her 20. *nahm es schwer* took it to heart 24-25. *die täglichen . . . verselbständigt* the daily tasks had already become automatic 26. *Gern . . . weggestorben* she would have liked to simply die off

zu neugierig. »Immer habe ich stark sein müssen, dabei wollte ich am liebsten nur schwach sein.«

Sie hatte keine Liebhabereien, kein Stecken-pferd; sammelte nichts, tauschte nichts; löste keine Kreuzworträtsel mehr. Schon lange klebte sie auch die Fotos nicht mehr ein, räumte sie nur aus dem Weg. *5*

Sie nahm am öffentlichen Leben nie teil, ging nur einmal im Jahr zum Blutspenden und trug am Mantel das Blutspendeabzeichen. Eines Tages wurde sie als hunderttausendste Blutspenderin im Rundfunk vorgestellt und bekam einen Geschenkkorb überreicht. *10*

Manchmal beteiligte sie sich beim Kegel-schieben auf der neuen automatischen Ke-gelbahn. Sie kicherte mit geschlossenem Mund, wenn die Kegel alle umfielen und es läutete. *15*

Einmal grüßten im Radio-Wunschkonzert Verwandte aus Ost-Berlin die ganze Familie mit dem Hallelujah von Händel. *20*

Sie hatte Angst vor dem Winter, wenn sich alle im selben Raum aufhielten. Niemand besuchte sie; wenn sie etwas hörte und auf-schaute, war es wieder nur der Ehemann: »Ach, du bist das.« *25*

---

8. *räumte sie nur aus dem Weg* merely put them away 14. *bekam . . . überreicht* was presented with a gift basket 20. *Radio Wunschkonzert* a program in which listeners' requests are played with greetings and a dedication to friends or relatives 22. *Hallelujah von Händel* popular chorus from the oratory "The Messiah"

Sie bekam starke Kopfschmerzen. Tabletten erbrach sie, die Zäpfchen halfen bald auch nicht mehr. Der Kopf dröhnte so, daß sie ihn nur noch ganz sanft mit den Fingerspitzen berührte. Der Arzt gab ihr wöchentlich eine Spritze, die sie eine Zeitlang betäubte. Dann richteten auch die Spritzen nichts mehr aus. Der Arzt sagte, sie solle den Kopf warm halten. So ging sie immer mit einem Kopftuch herum. Trotz aller Schlafmittel wachte sie meist schon nach Mitternacht auf, legte sich dann das Polster auf das Gesicht. Die Stunden, bis es endlich hell wurde, machten sie noch den ganzen Tag hindurch zittrig. Vor Schmerzen sah sie Gespenster.

Der Mann war inzwischen mit Lungentuberkulose in einer Heilanstalt; in zärtlichen Briefen bat er sie, wieder bei ihr liegen zu dürfen. Sie antwortete freundlich.

Der Arzt wußte nicht, was ihr fehlte; das übliche Frauenleiden? die Wechseljahre?

In ihrer Mattheit griff sie an Sachen vorbei, die Hände rutschten ihr vom Körper herunter. Nach dem Abwaschen lag sie am Nachmittag ein bißchen auf dem Küchensofa, im Schlafzimmer war es so kalt. Manchmal war der Kopfschmerz so stark, daß sie niemanden

---

7. *richteten . . . nichts mehr aus* were no longer effective 14. *Vor Schmerzen* because of the pain 22. *griff sie an Sachen vorbei* when reaching for things she missed them

erkannte. Sie wollte nichts mehr sehen. Bei
dem Dröhnen im Kopf mußte man auch sehr
laut zu ihr reden. Sie verlor jedes Körpergefühl, stieß sich an Kanten, fiel Treppen hinunter. Das Lachen tat ihr weh, sie verzog nur   5
manchmal das Gesicht. Der Arzt sagte,
wahrscheinlich sei ein Nerv eingeklemmt. Sie
sprach nur mit leiser Stimme, war so elend,
daß sie nicht einmal mehr jammern konnte.
Sie neigte den Kopf seitlich auf die Schulter,   10
aber der Schmerz folgte ihr dorthin nach.
»Ich bin gar kein Mensch mehr.«

Als ich im letzten Sommer bei ihr war, fand   15
ich sie einmal auf ihrem Bett liegen, mit einem so trostlosen Ausdruck, daß ich ihr nicht
mehr näher zu treten wagte. Wie in einem
Zoo lag da die fleischgewordene animalische
Verlassenheit. Es war eine Pein zu sehen, wie   20
schamlos sie sich nach außen gestülpt hatte;
alles an ihr war verrenkt, zersplittert, offen,
entzündet, eine Gedärmeverschlingung. Und
sie schaute von weitem zu mir her, mit einem
Blick, als sei ich, wie Karl Rossmann für den   25
sonst von allen erniedrigten Heizer in Kafkas
Geschichte, ihr GESCHUNDENES HERZ. Er-

16-17. *die fleischgewordene animalische Verlassenheit* the animal-like state of aban-
donment incarnate 18. *wie schamlos . . . hatte* how she had turned herself inside out
unabashedly 20. *Gedärmeverschlingung* tangle of entrails 22-24. *Karl Rossmann . . .
Kafkas* as Karl Rossman in Kafka's story (*Der Heizer, 1913*) was for the stoker who was
humiliated by all

schreckt und verärgert bin ich sofort aus dem Zimmer gegangen.

Seit dieser Zeit erst nahm ich meine Mutter richtig wahr. Bis dahin hatte ich sie immer wieder vergessen, empfand höchstens manchmal einen Stich bei dem Gedanken an die Idiotie ihres Lebens. Jetzt drängte sie sich mir leibhaftig auf, sie wurde fleischlich und lebendig, und ihr Zustand war so handgreiflich erfahrbar, daß ich in manchen Augenblicken ganz daran teilnahm.

Und auch die Leute in der Gegend betrachteten sie auf einmal mit anderen Augen: es war, als sei sie dazu bestimmt worden, ihnen das eigene Leben vorzuführen. Sie fragten zwar nach dem Warum und Weshalb, aber nur nach außen hin; sie verstanden sie auch so.

Sie wurde fühllos, erinnerte sich an nichts mehr, erkannte nicht einmal mehr die gewohnten Haushaltsgeräte. Wenn der jüngste Sohn aus der Schule nach Hause kam, fand er immer öfter Zettel auf dem Tisch, daß sie spazierengegangen sei; er solle sich Brote machen oder bei der Nachbarin essen. Diese

---

3-4. *nahm . . . richtig wahr* became fully aware of   7. *drängte . . . auf* imposed herself on me bodily   8. *wurde fleischlich* became flesh and blood   9-10. *war so handgreiflich erfahrbar* could be experienced so concretely   14. *als sei . . . worden* as if she were destined to   24. *er solle sich Brote machen* he was to make sandwiches for himself

Zettel, von einem Kassenblock abgerissen,
häuften sich in der Schublade.
Sie konnte nicht mehr die Hausfrau spielen.
Zu Hause wachte sie schon mit wundem
Körper auf. Sie ließ alles zu Boden fallen,   *5*
wollte sich jedem Gegenstand nachfallen las-
sen.
Die Türen stellten sich ihr in den Weg, von
den Mauern schien im Vorbeigehen der
Schimmel zu regnen.   *10*
Wenn sie fernsah, bekam sie nichts mehr mit.
Sie machte eine Handbewegung nach der andern, um dabei nicht einzuschlafen.
Auf den Spaziergängen vergaß sie sich
manchmal. Sie saß am Waldrand, möglichst   *15*
weit von den Häusern entfernt, oder am Bach
unterhalb eines aufgelassenen Sägewerks.
Der Anblick der Getreidefelder oder des
Wassers linderte zwar nichts, aber betäubte
zwischendurch wenigstens. In dem Durch-   *20*
einander von Anblicken und Gefühlen, wo
jeder Anblick sofort zu einer Qual wurde,
die sie schnell woanders hinblicken ließ, wo
der nächste Anblick sie weiterquälte, erga-
ben sich so tote Punkte, an denen die Affen-   *25*
schaukel-Umwelt sie kurz ein wenig in Ruhe
ließ. Sie war in diesen Momenten nur müde,

6. *wollte sich . . . lassen* wanted to fall down with every object   10-11. *von den . . . zu regnen* when passing, mold seemed to rain from the walls   11. *Wenn sie . . . mit* when she watched TV she no longer understood anything   17. *aufgelassenen Sägewerks* abandoned sawmill   23. *woanders hinblicken ließ* made her look in another direction   24. *weiterquälte* went on tormenting her   26-27. *an denen . . . ließ* in which the monkey-seesaw-world gave her a moment's rest

erholte sich von dem Wirbel, gedankenlos in
das Wasser vertieft.

Dann stellte sich in ihr wieder alles quer zu
der Umwelt, sie strampelte vielleicht panisch,
konnte sich aber nicht mehr zurückhalten
und kippte aus der Ruhelage heraus. Sie
mußte aufstehen und weitergehen.

Sie erzählte mir, wie sie noch im Gehen das
Grausen würgte; sie konnte deswegen nur
ganz langsam gehen.

Sie ging und ging, bis sie sich vor Mattheit
wieder setzen mußte. Dann mußte sie bald
aufstehen und wieder weitergehen.

So vertrödelte sie oft die Zeit und merkte
nicht, daß es dunkel wurde. Sie war nachtblind und fand nur schwer den Weg zurück.

Vor dem Haus blieb sie stehen, setzte sich
auf eine Bank, wagte sich nicht hinein.

Wenn sie dann doch hereinkam, öffnete sich
die Tür ganz langsam, und die Mutter erschien
mit weitaufgerissenen Augen wie ein Geist.

Aber auch am Tag irrte sie meist nur
herum, verwechselte Türen und Himmels-
richtungen. Oft konnte sie sich nicht erklären,
wie sie irgendwohin gekommen war und wie
die Zeit vergangen war. Sie hatte überhaupt
kein Zeit- und Ortsgefühl mehr.

---

3. *stellte sich . . . quer* everything in her clashed   6. *kippte aus der Ruhelage heraus*
rolled out of her restful position   9. *wie sie noch im Gehen das Grausen würgte*   how horror
choked her while she was walking   16. *fand nur schwer*   had difficulty finding

Sie wollte keinen Menschen mehr sehen, setzte sich höchstens ins Gasthaus unter die Leute aus den Touristenbussen, die es zu eilig hatten, ihr ins Gesicht zu schauen. Sie konnte sich nicht mehr verstellen; hatte alles von sich   *5* gestreckt. Jeder, der sie ansah, mußte wissen, was los war.

Sie fürchtete, den Verstand zu verlieren. Schnell, bevor es zu spät sein würde, schrieb sie zum Abschied noch ein paar Briefe.   *10* Die Briefe waren so dringlich, als hätte sie versucht, sich selber dabei in das Papier zu ritzen. In dieser Periode war das Schreiben für sie keine Fremdarbeit mehr wie sonst für Leute in ihren Lebensumständen, sondern   *15* ein vom Willen unabhängiger Atmungsvorgang. Man konnte freilich mit ihr über fast nichts mehr sprechen; jedes Wort erinnerte sie wieder an etwas Schreckliches, und sie verlor sofort die Fassung. »Ich kann nicht re-   *20* den. Quäl mich doch nicht.« Sie wendete sich ab, wendete sich noch einmal ab, wendete sich weiter ab, bis sie sich ganz weggedreht hatte. Dann mußte sie die Augen zumachen, und stille Tränen rannen nutzlos aus dem   *25* weggedrehten Gesicht.

3-4. *die es zu eilig hatten* who were in too much of a hurry   6. *gestreckt* (*here*) pushed away   7. *was los war* what the matter was with her   16-17. *Atmungsvorgang* act of breathing   20. *verlor sofort die Fassung* immediately lost her composure

Sie fuhr zu einem Nervenarzt in der Landeshauptstadt. Vor ihm konnte sie reden, er war
als Arzt für sie zuständig. Sie wunderte sich
selber, wieviel sie ihm erzählte. Beim Reden
5   fing sie sich erst richtig zu erinnern an. Daß
der Arzt zu allem nickte, was sie sagte, die
Einzelheiten sogleich als Symptome erkannte und mit einem Übernamen – »Nervenzusammenbruch« – in ein System einord-
10   nete, beruhigte sie. Er wußte, was sie hatte;
konnte zumindest ihre Zustände benennen.
Sie war nicht die einzige; im Vorzimmer war-
teten noch welche.
Beim nächsten Mal machte es ihr schon wie-
15   der Spaß, diese Leute zu beobachten. Der
Arzt riet ihr, viel in der frischen Luft spazie-
renzugehen. Er verschrieb ihr eine Medizin,
die den Druck auf den Kopf ein bißchen lok-
kerte. Eine Reise würde sie auf andere Ge-
20   danken bringen. Sie bezahlte ihn jeweils in
bar, weil die Arbeiterkrankenkasse bei ihren
Mitgliedern diese Ausgaben nicht vorsah. Es
bedrückte sie wieder, daß sie Geld kostete.
Manchmal suchte sie verzweifelt nach dem
25   Wort für eine Sache. Sie wußte es in der Regel, wollte damit nur, daß die anderen an ihr
teilnahmen. Sie sehnte sich nach der kurzen

8-9. *"Nervenzusammenbruch"* nervous breakdown   12. *Vorzimmer* waiting room
19-20. *auf andere Gedanken bringen* divert her thoughts   21-22. *die Arbeiterkrankenkasse . . . vorsah* the workers' health insurance did not cover these expenses

Zeit zurück, in der sie wirklich niemanden mehr erkannt und sich nichts mehr gemerkt hatte.

Sie kokettierte damit, daß sie krank gewesen war; spielte die Kranke nur noch. Sie tat, als sei sie wirr im Kopf, um sich der endlich klaren Gedanken zu erwehren; denn wenn der Kopf ganz klar wurde, sah sie sich nur noch als Einzelfall und wurde taub für das tröstliche Eingeordnetwerden. Indem sie Vergeßlichkeit und Zerstreutheit übertrieb, wollte sie, wenn sie sich dann doch richtig erinnerte oder eigentlich ja alles genau mitgekriegt hatte, ermutigt werden: Es geht ja! Es geht ja schon viel besser! – als ob alle Greuel nur darin bestanden, daß sie sich wurmte, das Gedächtnis verloren zu haben und nun nicht mehr mitreden zu können.

Sie vertrug nicht, daß man mit ihr Witze machte. Sie mit ihrem Zustand zu hänseln, half ihr nicht. SIE NAHM ALLES WÖRTLICH. Sie brach in Tränen aus, wenn vor ihr jemand eigens den Munteren spielte.

2-3. *sich nichts mehr gemerkt hatte* did not remember anything 9-10. *das tröstliche Eingeordnetwerden* comforting classification 13. *mitgekriegt* understood 23. *vor ihr . . . spielte* somebody started clowning just for her

Im Hochsommer fuhr sie für vier Wochen nach Jugoslawien. Die erste Zeit saß sie nur im verdunkelten Hotelzimmer und tastete sich den Kopf ab. Lesen konnte sie nichts, weil die eigenen Gedanken sofort dazwischenkamen. Immer wieder ging sie ins Badezimmer und wusch sich.

Dann traute sie sich schon hinaus und watete ein bißchen im Meer. Sie war zum ersten Mal in den Ferien und zum ersten Mal am Meer. Das Meer gefiel ihr, in der Nacht war oft Sturm, dann machte es nichts, wenn sie wach lag. Sie kaufte einen Strohhut gegen die Sonne und verkaufte ihn am Abfahrtstag zurück. Jeden Nachmittag setzte sie sich in die Bar und trank einen Espresso. Sie schrieb allen ihren Bekannten Karten und Briefe, die von ihr selber nur unter anderem handelten.

Sie bekam wieder einen Sinn für den Zeitablauf und die Umgebung. Neugierig belauschte sie die Gespräche an den Nebentischen, versuchte herauszukriegen, wie die einzelnen Leute zusammengehörten.

Gegen Abend, wenn es nicht mehr so heiß war, ging sie durch die Dörfer im Umkreis und schaute in die türlosen Häuser hinein. Sie wunderte sich sachlich; denn sie hatte

---

3-4. *tastete sich den Kopf ab* felt her head   12. *machte es nichts* it didn't make any difference   18. *von ihr . . . handelten* (letters) in which she talked about herself only in passing

noch nie eine solch kreatürliche Armut gesehen. Die Kopfschmerzen hörten auf. Sie
mußte an nichts mehr denken, war zeitweise
ganz aus der Welt. Es war ihr angenehm
langweilig.   *5*
Zu Hause zurück, redete sie seit langem wieder ungefragt. Sie erzählte viel. Sie ließ es
zu, daß ich sie auf ihren Spaziergängen be-
gleitete. Wir gingen oft ins Gasthaus essen,
sie gewöhnte sich an, voraus einen Campari   *10*
zu trinken. Der Griff an den Kopf war fast
nur noch ein Tick. Es fiel ihr ein, daß sie vor
einem Jahr in einem Café sogar noch von einem Mann angesprochen worden war. »Aber
er war sehr höflich!« Im nächsten Sommer   *15*
wollte sie nach Norden, wo es nicht so heiß
war.
Sie faulenzte, saß bei alten Freundinnen im
Garten, rauchte und fächelte die Wespen aus
dem Kaffee.   *20*
Das Wetter war sonnig und mild. Die Fich-
tenwälder an den Hügeln ringsherum standen den ganzen Tag über in Dunstschleiern,
waren eine Zeitlang nicht mehr so dunkel.
Sie kochte für den Winter Obst und Gemüse   *25*
ein, dachte daran, ein Fürsorgekind bei sich
aufzunehmen.

---

1. *solch kreatürliche Armut* such dire poverty 10. *Campari* an aperitif 14. *angesprochen worden war* had been approached by 19. *fächelte die Wespen aus* fanned the
wasps out of 23. *in Dunstschleiern* veiled in mist

Ich führte schon zu sehr ein eigenes Leben.
Mitte August fuhr ich nach Deutschland zurück und überließ sie sich selber. In den
nächsten Monaten schrieb ich an einer Geschichte, und sie ließ ab und zu von sich hören.
»Ich bin etwas wirr im Kopf, manche Tage
sind schwer zu ertragen.«
»Hier ist es kalt und unfreundlich, morgens
ist es lange neblig. Ich schlafe lange, und
wenn ich dann aus dem Bett herauskrieche,
fehlt mir die Lust, irgend etwas anzufangen.
Mit dem Fürsorgekind ist es auch zur Zeit
nichts. Da mein Mann Tuberkulose hat, bekomme ich keins.«
»Bei jedem angenehmen Gedanken fällt die
Tür zu, und ich bin wieder allein mit meinen
lähmenden Gedanken. Ich möchte so gern
nettere Dinge schreiben, aber es ist nichts da.
Mein Mann war fünf Tage hier, und wir hatten nichts miteinander zu reden. Wenn ich
ein Gespräch anfange, dann versteht er nicht,
was ich meine, und dann rede ich lieber
nichts. Und dabei habe ich mich noch irgendwie auf ihn gefreut – wenn er dann da ist,
kann ich ihn nicht anschauen. Ich weiß, ich
müßte selbst einen Modus finden, um diesen

27. *einen Modus finden* to find a way

Zustand noch erträglich zu machen, ich
denke auch immer darüber nach, und es fällt
mir nichts Gescheites ein. Es ist am besten,
Du liest diese Scheiße und vergißt sie dann
schnell wieder.«   5
»Ich kann es im Haus nicht aushalten und
so renne ich halt irgendwo in der Gegend
herum. Nun stehe ich etwas früher auf, das
ist die schwierigste Zeit für mich, ich muß
mich zu irgend etwas zwingen, um nicht wie-   10
der ins Bett zu gehen. Ich weiß jetzt mit meiner Zeit nichts anzufangen. Es ist eine große
Einsamkeit in mir, ich mag mit niemandem
reden. Ich habe oft Lust, am Abend etwas
zu trinken, aber ich darf nicht, denn dann   15
würde die Medizin nichts nützen. Gestern bin
ich nach Klagenfurt gefahren und den ganzen
Tag herumgesessen und gelaufen, dann habe
ich am Abend den letzten Omnibus gerade
noch erwischt.«   20
Im Oktober schrieb sie überhaupt nicht
mehr. An den schönen Herbsttagen traf man
sie auf der Straße, wo sie sich sehr langsam
vorwärts bewegte, und stachelte sie an, doch
ein bißchen schneller zu gehen. Jeden Be-   25
kannten bat sie, ihr doch bei einem Kaffee
im Gasthaus Gesellschaft zu leisten. Sie

---

3. *es fällt mir nichts Gescheites ein* nothing intelligent occurs to me 18. *(bin ich) herum-*
gesessen und gelaufen I (sat and) walked aimlessly around 27. *(ihr) Gesellschaft zu*
leisten keep her company

wurde auch immer wieder zu Sonntagsaus-
flügen eingeladen, ließ sich überallhin gern
mitnehmen. Sie besuchte mit andern die letzten Kirchtage des Jahres. Manchmal ging sie
sogar noch zum Fußballspiel mit. Sie saß
dann nachsichtig unter den Leuten, die beim
Spiel eifrig mitgingen, brachte kaum mehr
den Mund auf. Aber als auf einer Wahlkampfreise der Bundeskanzler im Ort hielt
und Nelken verteilte, drängte sie sich auf einmal keck vor und forderte auch eine Nelke:
»Und mir geben Sie keine?« »Entschuldigung, Gnädige Frau!«
Anfang November schrieb sie wieder. »Ich
bin nicht konsequent genug, alles zu Ende
zu denken, und mein Kopf tut weh. Es summt
und pfeift manchmal darin, daß ich keinen
Lärm zusätzlich ertragen kann.«
»Ich rede mit mir selber, weil ich sonst keinem Menschen mehr etwas sagen kann.
Manchmal kommt es mir vor, als wäre ich
eine Maschine. Ich würde gern irgendwohin
fahren, aber wenn es finster wird, bekomme
ich Angst, nicht mehr hierherzufinden. Morgens liegt ein Haufen Nebel, dann ist alles
so still. Jeden Tag mache ich dieselben Arbeiten, und in der Früh herrscht wieder

---

7. *beim Spiel eifrig mitgingen* cheered at the game   9. *Bundeskanzler* federal chan-
cellor *(head of state in Austria)*   21. *kommt es mir vor* it seems to me   24. *nicht mehr*
hierherzufinden not to find my way back   25. *ein Haufen Nebel* a lot of fog

Unordnung. Das ist ein unendlicher Teufelskreis. Ich möchte wirklich gerne tot sein, und
wenn ich an der Straße gehe, habe ich Lust,
mich fallen zu lassen, wenn ein Auto vorbei-
saust. Aber ob es dann auch hundertprozen- 5
tig klappt?«
»Gestern habe ich im Fernsehen von Dostojewski ›Die Sanfte‹ gesehen, die ganze Nacht
sah ich ganz grauenvolle Dinge, ich habe
nicht geträumt, ich sah sie wirklich, ein paar 10
Männer gingen nackt da herum und hatten
an Stelle des Geschlechtsteiles Därme herunterhängen. Am 1. 12. kommt mein Mann
nach Hause. Ich werde mit jedem Tag unru-
higer und habe keine Vorstellung, wie es 15
noch möglich sein wird, mit ihm zusammen-
zuleben. Jeder schaut in eine andere Ecke,
und die Einsamkeit wird noch größer. Ich
friere und werde noch ein bißchen herum-
rennen.« 20
Oft schloß sie sich zu Hause ein. Wenn die
Leute wie üblich vor ihr jammerten, fuhr sie
ihnen über den Mund. Sie war zu allen sehr
streng, winkte ab, lachte kurz aus. Die anderen waren nur noch Kinder, die sie störten 25
und höchstens ein bißchen rührten.
Sie wurde leicht ungnädig. Man wurde von

5-6. *hundertprozentig klappt?* does it work for sure? 7-8. *"Die Sanfte"* "A Gentle
Spirit" *[famous novella written in 1876]* 12-13. *an Stelle des Geschlechtsteiles Därme
herunterhängen* in the place of genitals they had intestines hanging down 22. *fuhr sie
ihnen über den Mund* stopped them short 26. *höchstens ein bißchen rührten* perhaps
made her feel a bit sorry for them

ihr barsch zurechtgewiesen, kam sich in ihrer Gegenwart auch scheinheilig vor.

Beim Fotografieren konnte sie kein Gesicht mehr machen. Sie runzelte zwar die Stirn und hob die Wangen zu einem Lächeln, aber die Augen schauten mit aus der Mitte der Iris verrutschten Pupillen, in einer unheilbaren Traurigkeit.

Das bloße Existieren wurde zu einer Tortur.

Aber ebenso grauste sie sich vor dem Sterben.

»Machen Sie Waldspaziergänge!« (Der *Seelen*arzt.)

»Aber im Wald ist es finster!« sagte der *Tier*arzt des Ortes, manchmal ihr Vertrauter, höhnisch nach ihrem Tod.

Tag und Nacht blieb es neblig. Zu Mittag versuchte sie, ob sie das Licht ausschalten könnte, und schaltete es gleich wieder an. Wo hinschauen? Die Arme übereinanderkreuzen und die Hände auf die Schultern legen. Ab und zu unsichtbare Motorsägen, ein Hahn, der den ganzen Tag glaubte, es fange gerade erst Tag zu werden an, und bis in den

---

4. *runzelte zwar die Stirn* puckered her forehead   6-7. *mit aus . . . Pupillen* with pupils displaced from the center of the iris

Nachmittag weiterkrähte, – dann schon die
Feierabendsirénen.
In der Nacht wälzte sich der Nebel gegen die
Fensterscheiben. Sie hörte, wie in unregel-
mäßigen Zeitabständen außen am Glas ein   *5*
neuer Tropfen ins Rinnen kam. Die ganze
Nacht blieb unter dem Leintuch die elektrische Bettmatte geheizt.
Am Morgen ging im Herd immer wieder das
Feuer aus. »Ich will mich nicht mehr zusam-   *10*
mennehmen.« Sie brachte die Augen nicht
mehr zu. In ihrem Bewußtsein ereignete sich
der GROSSE FALL. (Franz Grillparzer)

(Ab jetzt muß ich aufpassen, daß die Geschichte nicht zu sehr sich selber erzählt.)   *15*

Sie schrieb an alle ihre Angehörigen Ab-
schiedsbriefe. Sie wußte nicht nur, was sie
tat, sondern auch, warum sie nichts andres
mehr tun konnte. »Du wirst es nicht verste-
hen«, schrieb sie an ihren Mann. »Aber an   *20*
ein Weiterleben ist nicht zu denken.« An
mich schickte sie einen eingeschriebenen
Brief mit der Testamentsdurchschrift, zu-

---

2. *Feierabendsirenen* factory whistles (*signaling the end of the work day*) 6. *ins Rinnen kam* ran down 7-8. *elektrische Bettmatte* heating pad 13. *FRANZ GRILLPARZER* major Austrian playwright (1791-1872) 20-21. *Aber. . . zu denken* it is unthinkable to go on living 23. *Testamentdurchschrift* copy of her will

sätzlich per Eilboten. »Ich habe ein paarmal
zu schreiben angefangen, aber ich empfand
keinen Trost, keine Hilfe.« Alle Briefe waren
nicht nur wie sonst mit dem Datum versehen,
sondern auch noch mit dem Wochentag:
»*Donnerstag*, 18. 11. 71.«
Tags darauf fuhr sie mit dem Omnibus in die
Bezirkshauptstadt und besorgte sich mit dem
Dauerrezept, das ihr der Hausarzt ausgestellt
hatte, etwa hundert kleine Schlaftabletten.
Obwohl es nicht regnete, kaufte sie sich dazu
einen roten Regenschirm mit einem schönen,
ein wenig krumm gewachsenen Stock.
Am späten Nachmittag fuhr sie mit einem
Omnibus, der in der Regel fast leer ist, zurück. Dieser und jener sah sie noch. Sie ging
nach Hause und aß im Nachbarhaus, wo ihre
Tochter wohnte, zu Abend. Alles wie üblich:
»Wir haben noch Witze gemacht.«
Im eigenen Haus saß sie dann mit dem jüngsten Kind vor dem Fernsehapparat. Sie
schauten einen Film aus der Serie »Wenn der
Vater mit dem Sohne« an.
Sie schickte das Kind schlafen und blieb bei
laufendem Fernseher sitzen. Am Tag vorher
war sie noch beim Friseur gewesen und hatte
sich maniküren lassen. Sie schaltete den

---

4. *(waren) mit dem Datum versehen* carried the date   8. *Bezirkshauptstadt* district
capital   8-9. *besorgte sich . . . ausgestellt hatte* purchased the refill prescription which her
family doctor had written   24-25. *bei laufendem Fernseher* with the TV on

Fernseher aus, ging ins Schlafzimmer und hängte ein zweiteiliges braunes Kleid an den Schrank. Sie nahm alle Schmerztabletten, mischte ihre sämtlichen Antidepressiva darunter. Sie zog ihre Menstruationshose an, in die sie noch Windeln einlegte, zusätzlich zwei weitere Hosen, band sich mit einem Kopftuch das Kinn fest und legte sich, ohne die Heizmatte einzuschalten, in einem knöchellangen Nachthemd zu Bett. Sie streckte sich aus und legte die Hände übereinander. In dem Brief, der sonst nur Bestimmungen für ihre Bestattung enthielt, schrieb sie mir am Schluß, sie sei ganz ruhig und glücklich, endlich in Frieden einzuschlafen. Aber ich bin sicher, daß das nicht stimmt.

Am nächsten Abend, auf die Nachricht von ihrem Tod, flog ich nach Österreich. Das Flugzeug war wenig besetzt, ein gleichmäßiger, ruhiger Flug, eine klare Luft ohne Nebel, weit unten die Lichter wechselnder Städte. Beim Zeitunglesen, Biertrinken, Aus-dem-Fenster-Schauen verging ich allmählich in einem müden, unpersönlichen Wohlgefühl. Ja, dachte ich immer wieder und sprach im stillen

---

3. *Schmerztabletten* pain pills 8-9. *ohne die Heizmatte einzuschalten* without turning on the heating pad 12. *Bestimmungen für ihre Bestattung* instructions for her burial 23-24. *verging ich . . . Wohlgefühl* I gradually went under in a tired, impersonal sense of well-being

die Gedanken jeweils sorgfältig nach: DAS
WAR ES. DAS WAR ES. DAS WAR ES. SEHR GUT.
SEHR GUT. SEHR GUT. Und während des ganzen
Fluges war ich außer mir vor Stolz, daß sie
Selbstmord begangen hatte. Dann setzte das
Flugzeug zur Landung an, und die Lichter
wurden immer größer. Aufgelöst in einer
knochenlosen Euphorie, gegen die ich mich
nicht mehr wehren konnte, bewegte ich mich
durch das ziemlich verlassene Flughafengebäude.
Auf der Weiterfahrt im Zug am folgenden
Morgen hörte ich einer Frau zu, einer Gesangslehrerin der Wiener Sängerknaben. Sie
erzählte ihrem Begleiter, wie unselbständig
die Sängerknaben noch später als Erwachsene blieben. Sie hatte einen Sohn, der auch
Mitglied der Sängerknaben war. Auf einer
Tournee durch Südamerika war er als einzi-
ger mit dem Taschengeld ausgekommen,
hatte sogar noch etwas zurückgebracht. Er
wenigstens versprach, vernünftig zu werden.
Ich konnte nicht weghören.

Ich wurde mit dem Auto vom Bahnhof abge-
holt. In der Nacht hatte es geschneit, jetzt

4. *war ich außer mir vor Stolz* I was beside myself with pride   8. *knochenloser Euphorie*
boneless euphoria   14. *Gesangslehrerin der Wiener Sängerknaben* voice teacher of the
Vienna Boys Choir   21. *mit dem Taschengeld ausgekommen* managed with his pocket
money

war es wolkenlos, die Sonne schien, es war
kalt, ein glitzernder Reif schwebte in der
Luft. Was für ein Widerspruch, durch éine
heiter zivilisierte Landschaft, bei einer Wit-
terung, in der diese Landschaft so sehr zu   *5*
dem unveränderlichen tiefblauen Weltraum
darüber zu gehören schien, daß man sich gar
keinen Umschwung mehr vorstellen konnte,
auf das Sterbehaus mit dem vielleicht schon
gärenden Leichnam zuzufahren! Bis zur An-   *10*
kunft fand ich keinen Anhaltspunkt und kein
Vorzeichen, so daß mich der tote Körper in
dem kalten Schlafzimmer wieder ganz unvorbereitet traf.

                                                 15

Viele Frauen aus der Umgebung saßen nebeneinander auf den aufgereihten Stühlen,
tranken den Wein, den man ihnen reichte.
Ich spürte, wie sie beim Anblick der Toten   *20*
allmählich an sich selber zu denken anfingen.

Am Morgen des Beerdigungstages war ich
mit der Leiche lange allein im Zimmer. Auf   *25*
einmal stimmte das persönliche Gefühl mit
dem allgemeinen Brauch der Totenwache

6-7. *dem unveränderlichen tiefblauen Weltraum darüber* the unchanging deep-blue
universe above it   24. *dem allgemeinen Brauch der Totenwache* common custom of the
deathwatch

überein. Noch der tote Körper kam mir entsetzlich verlassen und liebebedürftig vor. Dann wieder wurde mir langweilig, und ich schaute auf die Uhr. Ich hatte mir vorgenommen, wenigstens eine Stunde bei ihr zu bleiben. Die Haut unter den Augen war ganz verschrumpelt, hier und da lagen auf dem Gesicht noch die Weihwassertropfen, mit denen sie besprengt worden war. Der Bauch war von den Tabletten ein bißchen aufgebläht. Ich verglich die Hände auf ihrer Brust mit einem Fixpunkt weiter weg, um zu sehen, ob sie nicht doch noch atmete. Zwischen Oberlippe und Nase gab es überhaupt keine Furche mehr. Das Gesicht war sehr männlich geworden. Manchmal, wenn ich sie lange betrachtet hatte, wußte ich nicht mehr, was ich denken sollte. Dann wurde die Langeweile am größten, und ich stand nur noch zerstreut neben der Leiche. Aber als die Stunde vorbei war, wollte ich trotzdem nicht hinaus und blieb über die Zeit bei ihr im Zimmer.

Dann wurde sie fotografiert. Von welcher Seite sah sie schöner aus? »Die Zuckerseite der Toten.«

8. *Weihwassertropfen* drops of holy water   25. *Zuckerseite* sugary side *[i.e., photogenic side]*

Das Begräbnisritual entpersönlichte sie endgültig und erleichterte alle. Im dichten
Schneetreiben gingen wir hinter den sterblichen Überresten her. In den religiösen Formeln brauchte nur ihr Name eingesetzt zu 5
werden. »Unsere Mitschwester...« Auf den
Mänteln Kerzenwachs, das nachher herausgebügelt wurde.

Es schneite so stark, daß man sich nicht daran
gewöhnte und immer wieder zum Himmel 10
schaute, ob es nicht nachließ. Die Kerzen er-
loschen eine nach der andern und wurden
nicht mehr angezündet. Mir fiel ein, wie oft
man las, daß jemand sich bei einer Beerdigung die spätere Todeskrankheit geholt 15
hatte.

Hinter der Friedhofsmauer begann sofort der
Wald. Es war ein Fichtenwald, auf einem
ziemlich steil ansteigenden Hügel. Die
Bäume standen so dicht, daß man schon von 20
der zweiten Reihe nur noch die Spitzen sah,
dann Wipfel hinter Wipfel. Zwischen den
Schneefetzen immer wieder Windstöße, aber

1. *entpersönlichte* depersonalized   3-4. *sterblichen Überreste* mortal remains
8. *herausgebügelt wurde* was ironed out   17. *Friedhofsmauer* cemetery wall

die Bäume bewegten sich nicht. Der Blick vom Grab, von dem die Leute sich rasch entfernten, auf die unbeweglichen Bäume: erstmals erschien mir die Natur wirklich unbarmherzig. Das waren also die Tatsachen! Der Wald sprach für sich. Außer diesen unzähligen Baumgipfeln zählte nichts; davor ein episodisches Getümmel von Gestalten, die immer mehr aus dem Bild gerieten. Ich kam mir verhöhnt vor und wurde ganz hilflos. Auf einmal hatte ich in meiner ohnmächtigen Wut das Bedürfnis, etwas über meine Mutter zu schreiben.

Nachher im Haus ging ich am Abend die Treppe hinauf. Plötzlich übersprang ich ein paar Stufen mit einem Satz. Dabei kicherte ich kindisch, mit einer fremden Stimme, als würde ich bauchreden. Die letzten Stufen lief ich. Oben schlug ich mir übermütig die Faust auf die Brust und umarmte mich. Langsam, selbstbewußt wie jemand mit einem einzigartigen Geheimnis, ging ich dann die Treppe wieder hinunter.

8. *ein episodisches Getümmel von Gestalten* an incidental throng of people 18. *als würde ich bauchreden* as if I were a ventriloquist

Es stimmt nicht, daß mir das Schreiben ge-
nützt hat. In den Wochen, in denen ich mich
mit der Geschichte beschäftigte, hörte auch
die Geschichte nicht auf, mich zu beschäftigen. Das Schreiben war nicht, wie ich am Anfang noch glaubte, eine Erinnerung an eine
abgeschlossene Periode meines Lebens, sondern nur ein ständiges Gehabe von Erinnerung in der Form von Sätzen, die ein Abstandnehmen bloß behaupteten. Noch immer
wache ich in der Nacht manchmal schlagartig
auf, wie von innen her mit einem ganz leich-
ten Anstupfen aus dem Schlaf gestoßen, und
erlebe, wie ich bei angehaltenem Atem vor
Grausen von einer Sekunde zur andern leibhaftig verfaule. Die Luft steht im Dunkeln
so still, daß mir alle Dinge aus dem Gleichgewicht geraten und losgerissen erscheinen. Sie
treiben nur eben noch ohne Schwerpunkt
lautlos ein bißchen herum und werden gleich
endgültig von überall niederstürzen und mich
ersticken. In diesen Angststürmen wird man
magnetisch wie ein verwesendes Vieh, und
anders als im interesselosen Wohlgefallen,
wo alle Gefühle frei miteinander spielen, be-
stürmt einen dann zwanghaft das interesse-
lose, objektive Entsetzen.

8. *ständiges Gehabe* constant pretense 9-10. *die ein Abstandnehmen bloß behaupteten*
which merely claimed to be a distancing 17-18. *aus dem . . . erscheinen* appear out of
balance and torn off 24. *im interesselosen Wohlgefallen* in disinterested satisfaction

Natürlich ist das Beschreiben ein bloßer Erinnerungsvorgang; aber es bannt andrerseits auch nichts für das nächste Mal, gewinnt nur aus den Angstzuständen durch den Ver-
5 such einer Annäherung mit möglichst entsprechenden Formulierungen eine kleine Lust, produziert aus der Schreckens- eine Erinnerungsseligkeit.

Tagsüber habe ich oft das Gefühl, beobachtet
10 zu werden. Ich mache Türen auf und schaue nach. Jedes Geräusch empfinde ich zunächst als einen Anschlag auf mich.

Manchmal bin ich freilich während der Arbeit an der Geschichte all der Offenheit und
15 Ehrlichkeit überdrüssig gewesen und habe mich danach gesehnt, bald wieder etwas zu schreiben, wobei ich auch ein bißchen lügen und mich verstellen könnte, zum Beispiel ein Theaterstück.

20 Einmal ist mir beim Brotschneiden das Messer abgerutscht, und mir kam sofort wieder

---

2. *bannt* (*here*) keeps   3-6. *gewinnt nur . . . eine kleine Lust* produces only a small pleasure from the states of fear by attempting to approach them with the most fitting expression

zu Bewußtsein, wie sie den Kindern am Morgen kleine Brotstücke in die warme Milch ge-
schnitten hatte.

Mit ihrem Speichel reinigte sie den Kindern
oft im Vorübergehen schnell Nasenlöcher   5
und Ohren. Ich zuckte immer zurück, der
Speichelgeruch war mir unangenehm.

In einer Gesellschaft, die eine Bergwanderung machte, wollte sie einmal beiseitegehen,
um die Notdurft zu verrichten. Ich schämte   10
mich ihrer und heulte, da hielt sie sich zurück.

Im Krankenhaus lag sie immer unter vielen
in großen Sälen. Ja, das gibt es noch! Sie
drückte mir dort einmal lange die Hand.

Wenn alle versorgt waren und fertig gegessen   15
hatten, steckte sie sich jeweils kokett die übriggebliebenen Rinden in den Mund.

1. *mir kam sofort wieder zu Bewußtsein* I remembered   10. *die Notdurft zu verrichten*
to relieve herself   13. *Sälen* wards   17. *übriggebliebenen Rinden* remaining crusts

(Natürlich sind das Anekdoten. Aber wissenschaftliche Ableitungen wären in diesem Zusammenhang genauso anekdotisch. Die Ausdrücke sind alle zu milde.)

5   Die Eierlikörflasche in der Kredenz!

Die schmerzliche Erinnerung an sie bei den täglichen Handgriffen, vor allem in der Küche.

Im Zorn schlug sie die Kinder nicht, sondern
10   schneuzte ihnen höchstens heftig die Nase.

Todesangst, wenn man in der Nacht aufwacht, und das Licht im Flur brennt.

Vor einigen Jahren hatte ich den Plan, mit allen Mitgliedern der Familie einen Aben-
15   teuerfilm zu drehen, der mit ihnen persönlich gar nichts zu tun hätte.

5. *Kredenz* sideboard 7. *Handgriffen* tasks 10. *schneuzte . . . die Nase* blew their noses

Als Kind war sie mondsüchtig.

Gerade an den *Wochen*tagen ihres Todes
sind mir in der ersten Zeit ihre Todeswehen
besonders lebendig geworden. Schmerzhaft
hat es jeden Freitag zu dämmern angefangen   *5*
und wurde dunkel. Die gelbe Dorfstraßen-
beleuchtung im Nachtnebel; schmutziger
Schnee und Kanalgestank; verschränkte
Arme im Fernsehsessel; die letzte Klospü-
lung, zweimal.   *10*

Oft habe ich bei der Arbeit an der Geschichte
gespürt, daß es den Ereignissen besser entsprechen würde, Musik zu schreiben. Sweet
New England...

»Es gibt vielleicht neue, ungeahnte Arten der   *15*
Verzweiflung, die wir nicht kennen«, sagte
ein Dorfschullehrer in der Kriminalfilm-Serie »Der Kommissar«.

In allen Musikboxen der Gegend gab es eine
Platte mit dem Titel WELTVERDRUSS-POLKA.   *20*

1. *mondsüchtig* sleep-walker 4. *Todeswehen* death agony 6-7. *Dorfstraßenbeleuch-*
tung streetlights of the village 8. *Kanalgestank* smell from the sewer 9. *Klospülung*
toilet flushing 18. *in der Kriminalfilm-Serie "Der Kommissar"* a popular German TV
mystery 20. *WELTVERDRUSS* world-weary

Der sich jetzt ankündigende Frühling, Schlammpfützen, warmer Wind und schneefreie Bäume, weit weg hinter der Schreibmaschine.

5   »Sie nahm ihr Geheimnis mit ins Grab!«

In einem Traum hatte sie noch ein zweites Gesicht, das aber auch schon ziemlich verbraucht war.

Sie war menschenfreundlich.

10   Dann wieder etwas sehr Heiteres: ich habe geträumt, lauter Dinge zu sehen, deren Anblick unerträglich weh tat. Auf einmal kam jemand daher und nahm einfach das Schmerzhafte von den Sachen, WIE EINEN
15   ANSCHLAG, DER NICHT MEHR GILT. Auch der Vergleich war geträumt.

Im Sommer war ich einmal im Zimmer mei-

2. *Schlammpfützen* mud puddles   6. *zweites Gesicht* second sight   11. *lauter . . . sehen* to see a lot of things   15. *ANSCHLAG, DER NICHT MEHR GILT* announcement which is out of date

nes Großvaters und schaute zum Fenster hinaus. Es war nicht viel zu sehen: ein Weg führte durch das Dorf hinauf zu einem dunkel (»Schönbrunn«) gelb angestrichenen Gebäude, einem ehemaligen Gasthaus, und bog dort ab. Es war ein SONNTAGNACHMITTAG, und der Weg war LEER. Auf einmal hatte ich ein bitterliches Gefühl für den Bewohner des Zimmers, und daß er bald sterben würde. Aber dieses Gefühl wurde dadurch gelindert, daß ich wußte, sein Tod würde ein ganz natürlicher sein.

Das Grausen ist etwas Naturgesetzliches: der horror vacui im Bewußtsein. Die Vorstellung bildet sich gerade und merkt plötzlich, daß es ja nichts mehr zum Vorstellen gibt. Darauf stürzt sie ab, wie eine Zeichentrickfigur, die bemerkt, daß sie schon die längste Zeit auf der bloßen Luft weitergeht.

Später werde ich über das alles Genaueres schreiben.

---

4. *"Schönbrunn"* Baroque palace in Vienna with a dark yellow facade   14. *horror vacui* (*Latin*) the horror of emptiness   17. *Zeichentrickfigur* figure in a cartoon   20. *Genaueres* more precisely

geschrieben Januar/Februar 1972

CHRONOLOGY

1942	Born in Griffin, Carinthia.
1944–1948	Lives in Berlin, then attends elementary school in Griffin.
1954–1959	Boarding student in a private Catholic school and seminary, attends last three grades of high school at a public *Gymnasium* in Klagenfurt.
1961–1965	Studies law at the University in Graz.
1963–1964	*Die Hornissen* (The Hornets). Graz, Yugoslawia, Carinthia.
1964–1965	*Sprechstücke* (Speech Plays). Handke moves to Düsseldorf.
1963–1966	*Begrüßung des Aufsichtsrats* (Greeting the Board; short stories), marries the actress Libgart Schwarz.
1965–1966	*Der Hausierer* (The Peddler). Graz, Düsseldorf.
1966	Attends Group 47 Meeting in Princeton.
1967	*Kaspar* premieres simultaneously in Frankfurt (under the direction of Claus Peyman) and Oberhausen. Handke lives in Düsseldorf.
1968	*Das Mündel will Vormund sein* (My Foot My Tutor).
1965–1968	*Die Innenwelt der Außenwelt der Innenwelt* (The Innerworld of the Outerworld of the Innerworld; poems). Moves to Berlin (1968).
1969	*Die Angst des Tormanns beim Elfmeter* (The Goalie's Anxiety at the Penalty Kick); *Quodlibet* (performed 1970 in Basel). Handke moves to Paris.
1968–1970	*Hörspiele* (Radio Plays).
1970	*Chronik der laufenden Ereignisse* (Chronicle of Current Events; television script). *Ritt über den Bodensee* (The Ride Across Lake Constance) performed in 1971 under the direction of Claus Peyman in Berlin.
1971	*Der kurze Brief zum langen Abschied* (Short Letter, Long Farewell). Lives in Köln, then in Kronberg near Frankfurt. Maria Handke (his mother) commits suicide.
1972	*Wunschloses Unglück* (A Sorrow Beyond Dreams); Handke and his wife separate.
1973	*Die Unvernünftigen sterben aus* (They Are Dying Out) is produced in 1974 in Zürich and Berlin. Handke moves to Paris. *Falsche Bewegung* (Wrong Movement; screenplay).

1972–1974   *Als das Wünschen noch geholfen hat* (essays, poems,
             photographs).
1974   *Die Stunde der wahren Empfindung* (A Moment of True
             Feeling).
1976   *Die linkshändige Frau* (The Left-Handed Woman).
1975–1979   *Das Gewicht der Welt* (The Weight of the World; diary).
1978–1979   *Langsame Heimkehr* (Slow Homecoming). Handke travels
             in America and Europe, moves back to Austria in 1979
             and settles in Salzburg with his daughter; awarded
             Austria's Franz Kafka Prize, but declines.
1980   *Die Lehre der Sainte-Victoire* (The Teachings of
             St. Victoire).
1981   *Kindergeschichte* (A Child's Story; short novel);
             Über die Dörfer (Across the Villages; dramatic poem)
             premiered at the Salzburg Festival.
1982   *Die Geschichte des Bleistifts* (The Story of the Pencil;
             prose).
1983   *Der Chinese des Schmerzes* (The Chinese of Sorrows)

Selected Bibliography

1. *Works by Peter Handke in English Translations*

A. COLLECTIONS OF PLAYS OR NOVELS

Kaspar and Other Plays. Translated by Michael Roloff. New York: Farrar, Straus and Giroux, 1969. (Contains: *Publikumsbeschimpfung / Offending the Audience; Selbstbezichtigung / Self-Accusation; Kaspar*)

The Ride Across Lake Constance and Other Plays. Translated by Michael Roloff in collaboration with Karl Weber. New York: Farrar, Straus and Giroux, 1976. (Contains: *Weissagung / Prophecy; Hilferufe / Calling for Help; Das Mündel will Vormund sein / My Foot My Tutor; Quodlibet; Der Ritt über den Bodensee / The Ride Across Lake Constance; Die Unvernünftigen sterben aus / They are Dying Out*)

Three by Peter Handke. Translated by Michael Roloff and Ralph Manheim. New York: Farrar, Straus and Giroux, 1977. (Contains: *Die Angst des Tormanns beim Elfmeter / The Goalie's Anxiety at the Penalty Kick; Der kurze Brief zum langen Abschied / Short Letter, Long Farewell; Wunschloses Unglück / A Sorrow Beyond Dreams*)

Two Novels by Peter Handke. Translated by Ralph Manheim. New York: Farrar, Straus and Giroux, 1979. (Contains: *Die Stunde der wahren Empfindung / A Moment of True Feeling; Die linkshändige Frau / The Left-Handed Woman*)

B. POETRY

The Innerworld of the Outerworld of the Innerworld. Translated by Michael Roloff. New York: Continuum, 1974. (German-English edition of poems)

Nonsense and Happiness. Translated by Michael Roloff. New York: Urizen Books, 1976. (German-English edition of poems; original German title: *Das Ende des Flanierens*, 1976)

C. NOVELS

Short Letter, Long Farewell. Translated by Ralph Manheim. New York: Farrar, Straus and Giroux, 1974.

A Sorrow Beyond Dreams. Translated by Ralph Manheim. New York: Farrar, Straus & Giroux, 1975.

A Moment of True Feeling. Translated by Ralph Manheim. New York: Farrar, Straus & Giroux, 1977.

The Left-Handed Woman. Translated by Ralph Manheim. New York: Farrar, Straus & Giroux, 1978.

2. Selected Critical Works

A. ABOUT PETER HANDKE

Durzak, Manfred. *Peter Handke und die deutsche Gegenwartsliteratur.* Stuttgart: Kohlhammer, 1982.

Gabriel, Norbert. *Peter Handke und Österreich.* Bonn: Bouvier, 1983.

Hern, Nicholas. *Peter Handke.* New York: Ungar, 1972.

Nägele, Rainer and Renate Voris. *Peter Handke.* Munich: Beck / Edition text und kritik, 1978. Autorenbücher, 8.

Schlueter, June. *The Plays and Novels of Peter Handke.* Pittsburgh: University of Pittsburgh Press, 1982.

B. ABOUT *WUNSCHLOSES UNGLÜCK*

Bohn, Volker. " 'Später werde ich über alles Genaueres schreiben': Peter Handkes Erzählung *Wunschloses Unglück* aus literaturtheoretischer Sicht." *Germanisch-Romanische Monatsschrift*, 26 (1976), 356-79.

Love, Ursula. " 'Als sei ich . . . ihr geschundenes Herz': Identifizierung und negative Kreativität in Peter Handkes Erzählung *Wunschloses Unglück.*" *Seminar*, 17 (1981), 130-46.

Miles, David H. "Reality and the Two Realisms: Mimesis in Auerbach, Lukács, and Handke." *Monatshefte*, 71 (1979), 371-78.

Rey, William H. "Provokation durch den Tod: Peter Handkes Erzählung *Wunschloses Unglück* als Modell stilistischer Integration." *German Studies Review*, 1 (1978), 285-301.

VOCABULARY

A

ab-biegen (o,o) to turn off
das Abenteuer, - adventure
der Abenteuerfilm, -e adventure film
der Abfahrstag, -e day of departure
die Abfallgrube, -n garbage dump
ab-gewöhnen to give up
ab-holen to meet, (here also) to take
  back, pick up
ab-kürzen to shorten
die Ableitung, -en derivation
ab-lenken to distract, divert
die Abneigung, -en distaste
ab-rutschen to slip
der Absatz, ⸗e heel
ab-schicken to send, dispatch
der Abschied farewell
der Abschiedsbrief, -e farewell letter
ab-schließen (o,o) to conclude, finish;
  to lock
ab-schrecken to deter
ab-schreiben (ie, ie) to copy
ab-schütteln to shake off
der Abstieg climbing down, descent
das Abstimmungszeichen, - plebiscite
  badge
ab-stoßen (ö,ie,o) to repel
abstoßend repulsive
ab-stürzen to crash, to precipice
ab-treiben (ie,ie) to abort
die Abtreibung, -en abortion
ab-tun (a,a) (here) to deny, to lay
  aside, cast off
ab-waschen to do the dishes
die Abwaschhilfe, -n dishwasher
für Abwechselung sorgen to provide
  diversion
(sich) ab-wenden (a,a) to turn away
abwesend absent
die Abwesenheit absence
ab-winken (here) to decline (with a
  motion of the hand), to beckon

die Achtung respect
der Acker, ⸗ acre, land
adelig noble, aristocratic
(sich) ängstigen to be afraid
ängstlich fearful, anxious
(sich) ärgern to lose one's temper,
  get mad
äußerst extreme, utmost
die Äußerung, -en expression, articulation
die Allerweltsgeschichte, -n everyday
  story
die Alm, -en alpine meadow
das Amt, ⸗er office
die Analphase anal phase
an-bieten (o,o) to offer
der Anblick, -e sight, view
andeutungsweise hinting, by way of
  suggestion
die Anekdote, -n anecdote
anekdotisch anecdotal
die Anfeindung, -en animosity
an-geben (i,a,e) to state, indicate
der Angehörige, -n relative
angenehm pleasant
angenommen (here) taken for granted;
  accepted
angestrichen painted
Angst haben vor to be afraid of
das Angstgespenst, -er spectre of fear,
  nightmare
der Angststurm, ⸗e storm of fear
an-halten (ä,ie,a) to hold, stop
der Anhaltspunkt, -e point of orientation
an-kündigen to announce
die Ankunft arrival
der Anlaß, ⸗e occasion, motivation
an-lehnen to lean on
die Anpassung adaptation, assimilation
an-schaffen (here) to buy, procure
an-schalten to turn on
der Anschlag, ⸗e attack

ansprechbar approachable; (here also)
a person one can talk to
an-stacheln to prod
an-staunen to admire
an-stecken to infect
an-steigen to incline
anstellig capable
anstrengend exhausting
die Anstrengung, -en effort
an-stupfen to touch
das Ansuchen, - request
die Antidepressiva antidepressives
an-vertrauen to entrust
das Anwesen, - property
an-zünden to light
apathisch apathetic
(sich) *an die* Arbeit *machen* to get to work
die Arbeitskraft, ⁻e (here) labor; worker,
employee
die Arbeitslosenunterstützung unemployment compensation
die Arbeitslosigkeit unemployment
das Arbeitsprodukt, -e work product
der Armenhäusler, - inmate of the poor
house
die Armut poverty
der Asoziale, -n social outcast
der Atem breath
atmen to breathe
auf-blähen to bloat
auf-blicken to look up
auf-blühen to bloom, flower
auf-bringen (a,a) (here) to open
auf-drehen to turn on
der Aufenthalt, -e stay
auf-fallen (ä,ie,a) to attract attention
auf-fassen to understand, take up
auf-fordern *zum Tanz* to ask someone
to dance
aufgereiht lined up
aufgeregt excited
(sich) auf-halten (ä,ie,a) to stay
auf-heben (o,o) to abolish
auf-heitern to cheer up
auf-leben to become lively again, revive
auf-lösen to solve, interpret
aufmerksam attentive
bei sich auf-nehmen to take in
auf-passen to pay attention
aufrecht upright
die Aufregung, -en excitement
(sich) auf-richten to straighten up
aufrichtig honestly

auf-tauchen to surface
auf-tischen to set the table, serve a meal
das Auftreten appearance
auf-wachsen (ä,u,a) to grow up
die Aufzählung, -en enumeration, listing
augenfällig obvious, in the open
die Ausbildung, -en education, training
(sich) *etwas* aus-denken to invent,
imagine, fictionalize; work something
out
der Ausdruck, ⁻e expression
auseinander-falten to unfold, open up
auseinander-weichen (i,i) to fall apart
der Ausflug, ⁻e excursion, trip
aus-geben (i,a,e) to spend
aus-gehen (i,a) to go out; extinguish;
proceed from
das Ausgehkleid, -er dress-clothes
aus-halten (ä,ie,a) to endure, to bear,
to withstand
aus-hungern to starve
aus-kommen to get along
die Auskunft, ⁻e information
aus-lachen to laugh at, deride, mock
die Auslandserfahrung, -en experience
abroad
ins Ausland abroad
aus-leeren to empty
es macht *mir nichts* aus I don't care
ausnahmslos invariably, without
exception
aus-schalten to turn off
aus-schließen (o,o) to exclude
außenstehend outside, external
aus-reden to finish one's talk
aus-sprechen (i,a,o) to voice, express
die Ausstattung, -en dowry, endowment,
fund
(sich) aus-strecken to stretch out
austauschbar exchangeable
aus-tragen (das Kind) to carry the baby
to its full term
aus-zehren to consume, waste
aus-ziehen (o,o) to take off

B
der Bach, ⁻e brook
das Badezimmer, - bathroom
der Bahnhof, ⁻e train station
bar cash
barsch rude
der Bauch, ⁻e stomach
das Baugewerbe building trade

der **Baumgipfel**, - treetop
jemanden **beanspruchen** to make
  demands upon somebody
bearbeiten to work, cultivate (land)
der **Bedienstete**, -n employee
bedrücken to depress
das **Bedürfnis**, -se need, desire
die **Bedürfnislosigkeit** frugality
die **Bedürftigkeit**, -en need
beerben to inherit (from)
die **Beerdigung**, -en funeral
der **Beerdigungstag** day of the funeral
die **Befehlsdurchgabe**, -n call to order
beflügelt (here) elated
befreien to free, liberate
befremdend distasteful, strange,
  alienating
begleiten to accompany
der **Begleiter**, - companion
das **Begräbnisritual** burial ritual
der **Begriff**, -e concept
die **Begründung**, -en justification, reason
die **Behaglichkeit** comfort
(sich) **behaupten** to assert oneself
behutsam gentle
bei-bringen (a,a) to teach
die **Beichte**, -n confession
der **Beifahrersitz** passenger seat
die **Beiköchin**, -nen assistant cook
beiseite aside
der **Bekannte**, -n acquaintance
belauschen to listen in on
beleidigen to offend
beliebig arbitrary
beliebt popular
belustigen to amuse
(sich) **bemühen** to try, attempt
benennen (a,a) to give a name
bereden to discuss
bergab downhill
bergauf uphill
der **Berggipfel**, - mountain top, peak
die **Bergwanderung**, -en mountain hike
der **Bericht**, -e report
Bericht *erstatten* to report
die **Berührungsangst**, ⁻e fear of human
  contact
die **Berufsausübung** practice of a
  profession
beruhigen to calm, comfort
beschädigen to damage
beschäftigen to employ
die **Beschäftigung**, -en occupation

die **Beschämung** shame, confusion
beschämen to humiliate
beschränken to restrict
(sich) **beschwichtigen** to calm (oneself)
die **Beschwingtheit** high spirits, bounce
beschwipst tipsy
der **Besen**, - broom
besetzen to occupy
der **Besitz** property
besitzen (a,e) to possess, own
besitzlos without property, destitute
besprengen to sprinkle
bestätigen to confirm
die **Bestattung**, -en burial
bestimmen to decide
die **Bestimmung**, -en instruction
bestmöglich best possible
bestürmen to attack, storm
betäuben to numb, deafen
die **Beteuerung**, -en assertion, protesta-
  tion
betreffen (i,a,o) to be in regard to, be of
  interest to
betrügen (o,o) **um** to cheat out of
der **Betrunkene**, -n drunk
betteln to beg
die **Bevölkerungsschicht**, -en class of
  people, section of the population
die **Bewegungstherapie**, -n dance therapy
beweisen (ie,ie) to prove
der **Bewohner**, - occupant, tenant,
  inhabitant
das **Bewußtsein** consciousness, mind,
  awareness
die **Beziehung**, -en relationship, relation
die **Beziehungslosigkeit** isolation
beziehungsweise respectively, or rather
die **Bierflasche**, -n beer bottle
(sich) **bilden** to form
bildhaft symbolic
bis *dahin* up to this time
bitterlich bitter
der **Bittgang**, ⁻e plea
blaß pale
der **Blick**, -e glance
auf den ersten **Blick** at first sight
blitzblank shiny
bloß empty, mere, only
die **Bluse**, -n blouse
der **Blutfleck**, -e blood stain
das **Blutspendeabzeichen** blood donor's
  badge
das **Blutspenden** giving blood

die **Blutspenderin**, -nen blood donor
der **Blutsturz**, ⸚e hemorrhage
die **Bombe**, -n bomb
der **Bombentrichter**, - bomb crater
das **Brauchtum** customs
der **Briefaufgabeschein**, -e receipt for
registered letter
der **Briefsatz**, ⸚e (here) sentence in a letter
der **Briefträger**, - mailman
der **Briefwechsel**, - correspondence
der **Brotgeber**, - employer
der (das) **Brotkrümel**, - breadcrumb
Brotschneiden cutting bread
das **Brotstück**, ⸚e piece of bread
die **Brut** breed
die **Buchhaltung** bookkeeping
der **Buchstabe**, -n letter
(sich) **bücken** to bend over, stoop
der **Bügel**, - hanger
das **Bügeleisen**, - iron
bürgerlich middle-class, bourgeois
der **Bursche**, -en young man

C
der **Chor**, ⸚e chorus, choir

D
dämmern to dawn
damals at that time, then
dankbar grateful
darunter-mischen to mix in
dazwischen-kommen (a,o) to interfere
die **Decke**, -n cover; ceiling
der **Denkfehler**, - error in thinking
der **Dialekt**, -e dialect
diesseitig (here) of this world
die **Distanz**, -en distance
(sich) **distanzieren** to distance oneself
dösen to doze
der **Doppelgänger**, - double
der **Dorfschullehrer**, - village teacher
einen Film **drehen** to make a film
die **Dreiheit** trinity
dringlich urgent
dröhnen to throb
drücken to press
düster dark
dulden to tolerate
dunkelhaarig dark-haired
das **Durcheinander** confusion
durcheinander-kommen (a,o) to become
confused

durchkreuzen (here) to mark the ballot;
to cross out

E
die **Ecke**, -n corner
edel noble
die **Eheführung** marriage, married life
der **Ehemann**, ⸚er husband
die **Ehrenbezeichnung**, -en title of honor
ehrgeizig ambitious
die **Ehrlichkeit** honesty
die **Eierlikörflasche**, -n bottle of egg brandy
eigen peculiar
die **Eigenart**, -en particular quality,
property, characteristic
das **Eigenleben** a life of one's own
das **Eigentum** property
der **Eigentümer**, - property owner
der **Eilbote**, -n express messenger, express
mail
eilig *haben* to be in a hurry
ein-fallen (ä,ie,a) (here) to occur,
remember
der **Eingeborene**, -n native
eingefleischt incarnate, (here) persistent,
rooted
eingehängt arm-in-arm
ein-gehen (i,a) *auf* to approach someone,
pay attention to, be considerate of
eingeschrieben registered
(sich) **ein-kapseln** to encapsulate
zum **Einkaufen** *gehen* to go shopping
das **Einkaufsnetz**, -e shopping bag (a net
used for shopping)
die **Einkaufstasche**, -n shopping bag
ein-klemmen to pinch
ein-kochen to preserve
ein-laden (ä,u,a) to invite
ein-ordnen to classify
(sich) **ein-quartieren** to room, stay
ein-räumen (here) to make available
die **Einsamkeit** loneliness
(sich) **ein-schließen** (o,o) to lock oneself in
(sich) **ein-schränken** to make do with,
curtail
ein-schreiben (ie,ie) to register
das **Einschreibeetikett**, -s registration
sticker
ein-schüchtern to intimidate
ein-setzen to insert
ein-sperren to lock up
(sich) **ein-stellen** to appear, show up

ein-teilen to classify, distinguish; (here also) to budget
einverstanden *sein mit* to agree
ein-wirken *auf* to influence
der Einzelfall, ¨e individual case
das Einzelteil, -e individual part
einzigartig singular
das Eis ice cream
die Eisenbahnfahrt, -en train trip
eisig icy
der Ekel disgust
der Elektroherd, -e electric range
der Elektrokocher, - electric hot plate
das Elend misery
elend miserable
empfinden (a,u) to feel, sense
die Empfindungswelt, -en (here) emotional development
endgültig finally, irrevocably
die Entbindung, -en delivery
Entschuldigung beg your pardon
entfahren (ä,u,a) to give off, escape
(sich) entfernen to leave, distance oneself, move away
entfernt distant
die Entfernung, -en distance
die Entlassung, -en dismissal
entpersönlichen to depersonalize
entrückt displaced, removed
entschlüpfen to escape
die Entschlossenheit determination
das Entsetzen horror, fright; (here also) suspension, relief
entsetzlich horrible
entsprechen (i,a,o) to suit, be inclined
enttäuschen to disappoint
entzündet infected
erbarmungslos merciless, pitiless
erbrechen (i,a,o) to throw up
(sich) ereignen to happen
das Ereignis, -se event
erfinden (a,u) to make up, invent, to discover
ergänzen to complement, fit together
(sich) ergeben (i,a,e) to result from
erhalten (ä,ie,a) to preserve, receive
erhören (here) to give favors, accept
(sich) erholen to recover
die Erinnerung, -en remembrance, memory
die Erinnerungsseligkeit enjoyment of remembering, happy memory

das Erinnerungsstück, -e souvenir, memorabilia
der Erinnerungsvorgang, ¨e process of memory
(sich) erkundigen to ask, inquire
erlebbar livable; (here) can be experienced
erleben to experience
erledigen to carry out
erleichtern to relieve
erlöst relieved
ermutigen to encourage
erlöschen (o,o) to go out, to be extinguished
erniedrigen to humiliate
ernst serious
im Ernst seriously
ernsthaft seriously
eröffnen to open
erpressen to extort, blackmail
erreichen to reach, acquire
das Erröten blushing
ersetzbar replaceable
das Ersparte savings
das Erstaunen amazement
ersticken to suffocate
ertappen to catch
erträglich bearable
der Erwachsene, -n grown-up
(sich) erwehren to fend off
(sich) erweisen (ie, ie) als to prove oneself (to be)
erwischen to catch
der Erzeuger, - begetter
es war einmal once upon a time
ewig eternal
existieren to exist
Express (here) special delivery

F
das Fach, ¨er (here) subject
der Fackelzug, ¨e torchlight parade
faßbar tangible, comprehensible
die Fassungslosigkeit, -en disconcertedness
faulenzen to be lazy
die Faust, ¨e fist
fehlen to lack; (here also) to be wrong
die Feierstunde, -n ceremony, function, celebration
der Feiertagsanzug, ¨e Sunday suit
die Feindschaft, -en hostility

feindselig hostile
die Feldarbeit work in the fields
die Fensterscheibe, -n window pane
der Fernsehapparat, -e TV set
der Fernsehsessel, - TV chair
der Feuerherd, -e hearth, stove
der Fichtenwald, ⁻er fir forest
fidel jolly, happy
der Fingernagel, ⁻ fingernail
die Fingerspitze, -n fingertip
fingieren to make up
finster dark
im Finstern in darkness
die Firmung confirmation
der Fixpunkt, -e fixed point
die Flause, -n humbug
flicken to mend, patch
die Floskel, -n empty phrase
flüstern to whisper
das Flughafengebäude, -airport building
das Flugzeug, -e plane
der Flur, -e hallway
der Formelvorrat supply of phrases
die Formulierung, -en formulation,
    phrase
formvollendet true to form, formally
    perfect
der Fortschritt progress
der Fortsetzungsroman, -e serial
fotografieren to take a photo
fraglich questionable, disputed
das Frauenleiden, - female illness
frech aggressive, fresh
der Freitod voluntary death, suicide
der Fremde, -n stranger, foreigner
die Fremdarbeit strange chore
in der Fremde *sein* to be in a foreign
    country, (here) like strangers
(sich) freuen *auf* to look forward to
der Frieden peacetime
frieren (o,o) to freeze, be cold
der Friseur, -e hairdresser
frösteln to shiver, to feel chilly
in der Früh in the morning
das Frühstück breakfast
fühllos without feeling, insensitive,
    insensible
der Führerschein, -e driver's license
die Furche, -n furrow
das Fürsorgekind, -er foster child
der Furz, ⁻e fart
das Fußballspiel, -e soccer game

fuß- *und handbetrieben* foot and hand-
    operated

G
gar even
gären to ferment
das Gasthaus, ⁻er inn
das Gebäude, - building
der Gebrauchtwagen, - used car
das Geburtshaus, ⁻er house of birth
das Gedächtnis memory
auf den richtigen Gedanken *kommen*
    to get the idea
gedankenlos thoughtless
das Gedankenspiel, -e play with thoughts
(sich) gedulden to tolerate
gefaßt composed
die Gegend, -en vicinity
die Gegenleistung, -en equivalent, some-
    thing in return
der Gegenstand, ⁻e object
gegenstandlos meaningless, empty
die Gegenwart presence
geheimnislos not mysterious, disclosing
(sich) gehören to be proper or fitting
gehörigst fitting, appropriate
gehorsam obedient
der Geist, -er ghost
geistern to haunt
geistesgegenwärtig attentive, quick-
    witted
das Gejammer moaning
das Geldtäschchen, - money purse,
    pocketbook
gelehrig teachable, skillful
der Geliebte, -n lover
die Gelüste (pl.) desires
der Gemeinderat, ⁻e member of the town
    council
gemeinsam common
das Gemeinschafsterlebnis, -se commu-
    nity or communal experience
das Gemüse vegetables
das Gemüt, -er mind, soul, heart, dispo-
    sition
gemütlich cozy
genehmigen to approve
(sich) genehmigen to allow oneself
genießerisch delectable, hedonistic
genügen to suffice
gepflegt cultured, good-mannered
das Gepränge, - pageantry

gerade straight, honest
geradeso just as, exactly as
das Geräusch, -e noise
aus dem Bild geraten to recede from the picture
gern *gesehen sein* to be welcome, well liked
gerötet flushed
das Geschenk, -e present
geschlechtsreif sexually mature
geschunden miserable, suffering, exploited
gesellig sociable
die Geselligkeit sociability, social life
gesellschaftsfähig socially acceptable
das Gesicht behalten to keep face
das Gespenst, -er ghost, apparition
die Gespenstergeschichte, -n ghost story
gespenstisch ghostly, haunted, eerie
die Gestalt, -en figure
die Geste, -n gesture
das Getreidefeld, -er grain field
das Getrenntsein separation
das Gewissen conscience
das Gewitter, - thunderstorm
(sich) gewöhnen *an* to get used to
gewohnt familiar
geziert affected
gierig greedy
glänzen to glow
gleichbleibend same, unchanging
gleichförmig monotonous
gleichmäßig steady
glitzern to sparkle
glücken to succeed, to work
der Gnadenerweis favor
das Grab, ̈er grave
gräßlich gruesome
grauenvoll gruesome
das Grausen horror
(sich) grausen to shudder
die Grenze, -n limit, border, boundary
der Grenzsoldat, -en border patrol
der Greuel, - horror
der Griff, -e grasp, touch
die Großstadt, ̈e big city
das Großstadtgeschöpf, -e big city person
der Großstadtmensch, -en big city person
bis zum Grund deep down
der Grundbesitzer, - landowner
der Grundsatz, ̈e principle, foundation

das Grundstück, -e piece of land, real estate
die Gunst favor

H

die Habe property, goods
der Habenichts, -e have-not, pauper
(sich) *an jemanden* hängen to cling to somebody
hänseln to tease
die Häuslichkeit domesticity
die Haferflocken (pl.) oats
die Haft imprisonment
aus der Haft entlassen to release from prison
der Hahn, ̈e cock
etwas Halbes something like a half
der Haltruf, -e call to stop
die Haltung, -en attitude, position, posture
die Handbewegung, -en gesture, motioning
die Handtasche, -n handbag
hantieren to handle, (here) to work
die Hauptköchin, -nen head cook
hausen to live, dwell, (here also) to haunt or devastate a place
die Hausgemeinschaft, -en household
haushälterisch economical, thrifty
das Haushaltsgerät, -e appliance, utensil
das Haustier, -e domestic animal
die Haut skin
heftig intense, violent
die Heilanstalt, -en sanatorium
der Heimatort, -e native village
heim-bringen (a,a) to bring home
heimelig cozy, intimate
heimisch native
das Heimweh homesickness
heiter serene
die Heiterkeit cheerfulness
heizen to heat
das Heizmaterial, -ien heating fuel (wood and coal)
hellicht bright
das Hemd, -en shirt
heranwachsend growing
aus sich heraus-gehen to come out of one's shell
heraus-kriechen (o,o) to crawl out
heraus-kriegen to find out

der **Herbsttag, -e** fall day
der **Herd, -e** hearth, stove
die **Herdplatte, -n** stove top
die **Herkunft** origin
herrschen to prevail, rule
herunter-rutschen to glide down
hervor-treten to step out of
heulen to cry, bawl
die **Hexe, -n** witch
die **Hilflosigkeit** helplessness
die **Himmelsrichtung, -en**
  direction, point of the compass
hinauf-schauen to look up to
hin-murmeln to mutter
hinunter-schauen to look down
der **Hochsommer** midsummer
höchstpersönlich very personally
der **Höcker, -** hump
höhnisch sarcastic, scornful
der **Hof, ̈e** farm yard
das **Hotelzimmer, -** hotel room
die **Hüfte, -n** hip
der **Hügel, -** hill
hüsteln to cough slightly, clear one's
  throat

I
identifizieren to identify
die **Idiotie** idiocy
immergleich identical
immerhin after all
imstande *sein* to be able, capable of
das **Innenleben** inner life
interesselos disinterested
irdisch worldly, earthly
irgendwohin to a certain place, some-
  where

J
das **Jahrhundert, -e** century
jammern to complain
jauchzen to jubilate
wie seit **jeher** from time immemorial
jeweilig actual, respective, at hand
der **Jubel** rejoicing, jubilation
jugendlich youthful
Jugoslawien Yugoslavia

K
die **Kaffeemühle, -en** coffee mill
der **Kamerad, -en** friend, fellow-student
die **Kammer, -n** small room, bedroom

die **Kante, -n** edge
die **Karte, -n** postcard
der **Kassenblock, ̈e** receipt pad
der **Katechismus** catechism
der **Kavalier, -e** gentleman
keck bold, forward
der **Kegel, -** tenpin
die **Kegelbahn, -en** bowling alley
das **Kegelschieben** bowling
kehren to sweep
das **Kerzenwachs** candle wax
die **Kettenreaktion, -en** chain reaction
kichern giggle
die **Kinderkrankheit, -en** childhood
  disease
das **Kinderspiel, -e** children's game
der **Kinderwagen, -** baby carriage
die **Kindheit** childhood
die **Kindheitserinnerung, -en** childhood
  memory
kindisch childish
das **Kinn** chin
die **Kinokarte, -n** movie ticket
die **Kirchtage (pl.)** church fair
kläglich pitiful
der **Klang, ̈e** (here) sound, music
(sich) *etwas* **klar-machen** to explain to
  oneself
klassenlos classless
kleben to glue, paste
kleiden to suit
kleinlich petty
klopfen to knock, hammer
knapp barely
der **Knecht, -e** farmhand
die **Knechtsgestalt, -en** farmhand,
  servant
kneten to knead
knicken to fold, bend, crush
der **Knöchel, -** (here) knuckle
knöchellang ankle-length
kochend (here) boiling
der **Kochtopf, ̈e** pot
das **Körpergefühl** sensations
kokett coquettish
kokettieren to show off
der **Kollege, -n** colleague, co-worker
konsequent *sein* to be logical, follow
  through
(sich) *aus dem* **Kopf** *schlagen* to dismiss
(sich) *in den* **Kopf** *setzen* to insist upon,
  be obstinate about
die **Kopfschmerzen (pl.)** headache

das **Kopftüch, ⁓er** scarf
der **Kostümball, ⁓e** costume ball
krachen to crackle
kränklich sickly
die **Kränkung, -en** humiliation
der **Kram** stuff
das **Krankengeld** sick pay
das **Krankenhaus, ⁓er** hospital
kreatürlich animal-like
die **Kredenz, -en** sideboard
das **Kreuzworträtsel, -** crossword puzzle
der **Krieg, -e** war
die **Kröte, -n** toad
(sich) **zusammen-krümmen** to bend, double
krumm curved, bent
das **Küchensofa, -s** kitchen sofa
der **Kühlschrank, ⁓e** refrigerator
kümmerlich pitiful, miserable
künftig future
künstlich artificial
die **Kundgebung, -en** demonstration
kurzzeitig for a short time

L
lachhaft funny, laughable
der **Lärm** noise
läuten to ring
die **Landeshauptstadt, ⁓e** capital of the province
die **Landkarte, -n** map
das **Landkind, -er** (here) student from the country
die **Landschaft, -en** landscape, country-side
zur **Landung** *ansetzen* to prepare to land
die **Langeweile** boredom
langweilig boring
der **Laubschatten** shade of a tree
lauter many, all sorts of
lautlos silently
lebendig alive
die **Lebensbedingungen (pl.)** living conditions
die **Lebensform, -en** way of life
die **Lebensführung** life style
das **Lebensgefühl** sense of awareness, feeling of being alive, spirit
lebenslang lifelong
der **Lebenslauf, ⁓e** biography
die **Lebenslust** joy of living, high spirits
die **Lebensumstände** *(pl.)* (here) living conditions; life

die **Leberknödelsuppe, -n** liver dumpling soup
die **Leibeigenschaft** serfdom
leibhaftig physical
die **Leiche, -n** corpse
der **Leichnam, -e** corpse
leichtsinnig frivolous, careless
leiden *jemanden* to like
die *gleiche* **Leier** the same story
an der **Leine** on the leash
das **Leintuch, ⁓er** sheet, linen
(sich) *etwas* **leisten** to afford something
der **Leitfaden** (here) model; guide
leuchten to glow
liebebedürftig in need of love
liebgeworden lovable, dear
die **Liebhaberei, -en** hobby
lindern to soothe
das **Literatur-Ritual** literary ritual
loben to praise
(sich) **lösen** *von* to separate oneself
das **Losungswort, ⁓er** password
lückenhaft full of gaps, incomplete
lügen to lie
lumpig raggedy
die **Lustbarkeit** merriment, fun
Lust *haben* to have a desire for, like
lustig merry
luxuriös luxurious

M
magnetisch magnetically
mangeln to be lacking
maniküren to manicure
der **Mantel, ⁓** coat
maskenhaft masklike
die **Mattheit** faintness, exhaustion
die **Medizin** medication
das **Meer, -e** sea
die **Meerretichsoße, -n** horseradish sauce
menschenfreundlich kind
die **Menschenschlange** line of people
die **Menstruationshose** menstruation underpants
merken to realize, notice
das **Merkwort, ⁓er** catchword
das **Messer, -** knife
die **Miene, -n** countenance, air, expression, demeanor
der **Milchtopf, ⁓e** milk pot
mimen to pretend, mime
das **Mitgefühl** sympathy, compassion
das **Mitglied, -er** member

das **Mitleid** compassion
mitleidig compassionate
mit-nehmen (i,a,o) to take along
die **Mitschwester, -n** sister
mitteilbar communicable
das **Mitteilungsbedürfnis** need for communication
die **Mittellosigkeit** destitution, poverty
der **Mixer, -** blender
die **Monatsstunde, -n** monthly hour
mondsüchtig to be a sleepwalker
die **Morgendämmerung** dawn
das **Morgengrauen** dawn
die **Motorsäge, -n** chainsaw
die **Mücke, -n** gnat
mühelos without effort, easily
die **Münze, -n** coin
murmeln to mumble

N
nach-ahmen to imitate
die **Nachbarin, -nen** (female) neighbor
nach-erzählen to retell, repeat
die **Nacherzählung, -en** retelling (a story)
nach-holen to make up for
der **Nachkrieg** postwar
die **Nachkriegserscheinung, -en** postwar type
nach-lassen (ä,ie,a) to let up
die **Nachricht, -en** news
nachsichtig indulgent, patient
nachtblind night-blind
der **Nachtfalter, -** moth
das **Nachthemd, -en** nightgown
der **Nachteil, -e** disadvantage
nach-wärmen to reheat
nach-weisen (ie,ie) to document, prove
nackt naked
(sich) nähern to approach
die **Nähmaschine, -n** sewing machine
narrensicher foolproof
das **Nasenbluten** nosebleed
das **Nasenloch, ⁼er** nostril
naturgemäß naturally
naturgesetzlich in accordance with nature
das **Naturschauspiel, -e** play of nature
nebeneinander side by side
der **Nebentisch, -e** next table
neblig foggy
der **Neid** *(auf)* jealousy
neigen to be inclined
die **Nelke, -n** carnation

der **Nervenarzt, ⁼e** neurologist
die **Neugier** curiosity
neugierig curious
nicken to nod
nieder-stürzen to crash down
niesen to sneeze
die **Not, ⁼e** need
das **Notizbuch, ⁼er** notebook
notwendig necessary
nützen to serve, profit, be useful
nutzbar usable, (here) arable

O
die **Oberlippe** upper lip
objektivieren to objectify
das **Obst** fruit
in der **Öffentlichkeit** in public
offen-bleiben (ie,ie) to remain open
die **Offenheit** frankness
ohnedies anyway
ohnehin anyway
ohnmächtig unconscious, helpless, powerless
der **Omnibus, -se** bus
die **Ordentlichkeit** order, orderliness, respectability
das **Ortsgefühl** sense of direction
die **Osterbeichte** Easter confession

P
panisch panic-stricken
das **Paradies** paradise
das **Parfüm** perfume
die **Partei, -en** party
die **Pein** pain
die **Periode, -n** period
pfeifen (i,i) to whistle
das **Pferd, -e** horse
das **Pflichtbewußtsein** sense of duty
die **Pfote, -n** paw
die **Platte, -n** record
die **Politik** politics
der **Politiker, -** politician
das **Polster, -** pillow
das **Postamt, ⁼er** post office
der **Postbeamte, -n** post-office clerk
predigen to preach
der **Preis, -e** price
produzieren to produce
der **Prolet, -en** clod, trash
der **Proletarier, -** proletarian, working class man

der **Prospekt, -e** flyer, advertisement
Pumpernickel dark, heavy rye bread

Q

die **Qual, -en** pain, torment
quälen to torment
das **Quartier, -e** living quarters

R

rätselhaft enigmatic
die **Räumlichkeit, -en** living quarters
(sich) **räuspern** to clear one's throat
rasch quickly
rastlos restless
ratlos at a loss, helpless
rauchen to smoke
reagieren react
zusammen-rechnen to count together
zu **Recht** justifiably, rightly
redselig talkative
in der **Regel** as a rule, usually
der **Regenschirm, -e** umbrella
reichen (here) to serve
der **Reif** frost
reinigen to clean
reinlich clean
reizbar irritable
das **Rindfleisch** beef
ringsherum all around
der **Ritus,** die **Riten** rite, custom
ritzen to etch
die **Römerin, -nen** Roman lady
die **Rückenschmerzen** *(pl.)* backache
rückfällig *werden* (here) to commit a
    second offense, relapse
rückgängig *machen* to take back, rescind
die **Rückseite, -n** back
rühren to move
ruhelos without pause or rest
der **Rundfunk** radio
der **Russe, -n** Russian
heraus-**rutschen** to slip off

S

der **Saal,** die **Säle** hall, large room, ward
sachlich objective, impartial
sagenhaft legendary
die **Sandale, -n** sandal
sanft gentle
sangesfreudig likes to sing
sanieren to cleanse, heal
der **Satz, ⁼e** (here) leap, jump

satzweise sentence by sentence
sauber clean
die **Sauberkeit** cleanliness
schadenfroh gloating, malicious
die **Schäkerei, -en** teasing, joking
(sich) **schämen** to be ashamed
schaffen to create
die **Scham** shame
schamhaft ashamed
die **Schande** disgrace
der **Schatten, -** shade
der **Schatz** (here) sweetheart
die **Schau** (here) pretense; show
das **Schaufenster, -** shop window
scheinheilig hypocritical
die **Scheiße** shit
schenken to give, present
scheu shy, timid
die **Schicht, -en** class, segment
schicken to send
schieben (o,o) to shove, push
schief slanting, crooked, bent
die **Schilderung, -en** description
das **Schimpfwort, ⁼er** invective, curse
das **Schlafmittel, -** sleeping pill
die **Schlaftablette, -n** sleeping pill
das **Schlafzimmer, -** bedroom
schlagartig suddenly
schlank slim
schleierhaft mysterious
(sich) **schleppen** to drag
schleunigst as soon as possible
schluchzen to sob
der **Schmerz, -en** pain
ein Brot **schmieren** to make a sandwich
schmücken to decorate
der **Schmutz** dirt
der **Schnaps, ⁼e** booze
die **Schneefetzen** *(pl.)* batches of snow
das **Schneetreiben** snow-storm
schneuzen to blow one's nose
schnurrig odd, strange
der **Schrank, ⁼e** closet
der **Schreck, -en** horror, fright
der **Schreckensmoment, -e** moment of
    horror
die **Schreckensseligkeit** enjoyment of
    horror
schreckhaft frightened
die **Schreckhaftigkeit** fright
die **Schrecksekunde, -n** moment of horror
die **Schreckzustand, ⁼e** state of horror
die **Schreibmaschine, -n** typewriter

die **Schreibtätigkeit** activity of writing
schreien (ie,ie) to scream
schriftlich written
der **Schritt, -e** step
die **Schublade, -n** drawer
schüchtern shy
die **Schüssel, -** bowl
das **Schuldgefühl, -e** guilt feeling
die **Schulsachen** *(pl.)* school materials
die **Schulter, -n** shoulder
der **Schutt** rubble
schwätzen to talk, chatter
schwanger pregnant
die **Schwangerschaft, -en** pregnancy
schwanken to fluctuate, vary
der **Schwarzwald** Black Forest
schweben to float, hover
das **Schweigen** silence
schwer *ums Herz* sad, heartbroken
der **Schwerpunkt, -e** center of gravity
schwierig difficult
schwül humid
der **Seelenarzt, ̈e** psychiatrist
das **Seelenleben** emotional life
seelenlos without a soul
die **Seelenmesse, -n** mass for the dead
(sich) **sehnen** *nach* to long for, yearn
die **Seide, -n** silk
seitlich to the side
selbstbewußt self-assured
der **Selbstmord, -e** suicide
selbständig independent
selbstverständlich taken for granted
selbstvergessen (here) unaware
selbstvergnügt self-satisfied, happy
die **Seligkeit, -en** bliss, enjoyment
der **Sieger, -** victor
das **Sinnbild, -er** symbol, image
sinnlich sensual, concrete, sensuous
sinnlos aimlessly
sinnvoll meaningful
die **Sitte, -n** custom, manner
skizzieren to sketch
slowenisch Slovenian
sonnenverbrannt sunburnt
der **Sonntagsausflug, ̈e** Sunday excursion
(sich) **sorgen** to be concerned
die **Sorge, -n** worry, concern
sorgfältig careful
sorglos carefree
das **So-Tun-Als-Ob** acting-as-if
der **Sozialist, -en** socialist

sozialistisch socialist
spannend exciting
sparen to save
das **Spargeld** savings
Spaß *machen* to be fun, be amusing
spazieren-gehen to take a walk
der **Spaziergang, ̈e** walk
der **Speichel** saliva
der **Spielplatz, ̈e** playground
der **Spielraum** space
das **Spielzeug, -e** toy
der **Spinner, -** weirdo
spontan spontaneous
die **Sprachlosigkeit** speechlessness
die **Spritze, -n** shot
spüren to feel, sense
spürbar noticeable
die **Staatsbürgerin, -nen** (female) citizen
starr rigid
der **Stecker, -** plug
stecken to put into, place
das **Steckenpferd, -e** hobby
stehen-bleiben to stop, remain standing
steigern to increase
sterben (i,a,o) to die
das **Sterbehaus, ̈er** house of mourning
stereotyp stereotypical
der **Stich, -e** stab, pang
das **Stichwort, -e** key-word, caption
der **Stiefelabsatz, ̈e** heel of a boot
stieren to gaze
die **Stimme, -n** vote
ein-**stimmen** *in* to join in (a song)
es **stimmt** it is true
der **Stimmzettel, -** ballot
stimmungsvoll full of atmosphere, moving
der **Stock, ̈e** (here) handle
stocken to hesitate, falter
stolz *(auf etwas)* proud
(sich) **stoßen (ö,ie,o)** *an* to bump into
strafend full of scorn
strampeln to kick, to toss about
der **Straßenbahn-Fahrer, -** streetcar driver
Straßenbahn-Schaffner, - streetcar conductor
von sich **strecken** (here) to give up
streng strict
streng *geradeaus* straight ahead
der **Strich, -e** line, stroke
der **Strohhut, ̈e** straw hat
der **Strumpf, ̈e** stockings

das **Stubenmädchen**, - chambermaid
stützen (here) to put, place, prop
die **Stufe**, -n step
stumm silent
stumpf (here) apathetic, indifferent; blunt
der **Stumpfsinn** monotony, apathy
stumpfsinnig dull, apathetic
Südamerika South America
die **Sünde**, -n sin
summen to hum

T

die **Tablette**, -n pill
tagtäglich daily
der **Tagtraum**, ⁻e daydream
das **Tal**, ⁻er valley
der **Tanzpartner**, - dance partner
der **Tanzschritt**, -e dance step
das **Taschentuch**, ⁻er handkerchief
die **Tatsache**, -n fact
taub deaf
der **Taufschein**, -e certificate of baptism
tauschen to exchange
der **Teig** dough
die **Teilnahme** participation, sympathy
teil-nehmen (i,a,o) to participate
der **Teufelskreis**, -e devilish circle
das **Theaterstück**, ⁻e play
der **Tick** tic
der **Tierarzt**, ⁻e veterinarian
die **Tischkante**, -n edge of the table
der **Tischler**, - carpenter
die **Todesangst**, ⁻e fear of death
die **Todeskrankheit**, -en fatal illness
die **Todessehnsucht** longing for death
tödlich deadly
die **Toilette**, -n bathroom
der **Topf**, ⁻e pot
die **Tortur** torture
das **Totsein** being dead
der **Touristenbus**, -se tourist bus
die **Tournee**, -n tour
(sich) **trauen** to dare
die **Traumdeutungstabelle**, -n table of dream interpretations
der **Traumvorgang**, ⁻e dream happening
die **Traurigkeit** sadness
die **Treppe**, -n stairs
das **Treppengeländer**, - banister, stair rail
die **Trinkerin**, -nen alcoholic

der **Tropfen**, - drop
der **Trost** comfort, consolation
der **Trostfetisch**, -e fetish for consolation
die **Trostfunktion** comforting effect
trostlos wretched, hopeless
trunksüchtig alcoholic
die **Tuberkulose** tuberculosis
tüchtig capable, proficient

U

überanstrengt exhausted
die **Überdosis** overdose
der **Überdruß** disgust
überdrüssig tired of
übereinander-kreuzen to cross
überein-stimmen to agree, harmonize
die **Übereinstimmung** agreement
über-führen (here) to convict
über-lassen (ä,ie,a) to leave to
überleben to survive
übermitteln to pass on
übermütig high-spirited, presumptuous
der **Übername**, -n term
überschwenglich boundless, exuberant
über-spielen to gloss over, cover up; to play down, put down
über-springen (a,u) to pass over, leap
über-stehen (a,a) to survive
über-treiben (ie,ie) to exaggerate
üblich customary, usual
üblicherweise customarily, usually
übrig-bleiben (ie,ie) to remain, be left over
umarmen to embrace
um-fallen (ä,ie,a) to topple, fall
Umgang *mit* association, contact
die **Umgangsformen** *(pl.)* manners
die **Umgebung** environment, surroundings, vicinity
umher-irren to wander around aimlessly
um-kommen (a,o) to die
der **Umkreis**, -e vicinity
der **Umschwung** change
der **Umstand**, ⁻e circumstance, condition
in andere **Umstände** *gebracht werden* to become pregnant
die **Umstehenden** *(pl.)* those standing around, on-lookers
die **Umwelt** surroundings
unangenehm unpleasant
unbarmherzig merciless
das **Unbegreifliche** the incomprehensible

das **Unbehagen** discomfort
unbehaglich uncomfortable
unbeherrscht impetuous
unbekümmert carefree
unbeschwert carefree
unbestimmt indefinite, uncertain, vague
unbeweglich immovable
undenkbar unthinkable
unehelich illegitimate
unendlich endless
unentwegt constantly
unfaßlich incomprehensible
ungeahnt unexpected
ungeniert unabashed
die **Ungewißheit** uncertainty
ungleich uneven, odd
ungnädig cross
ungültig invalid, void
unheilbar incurable
unheimisch unfamiliar, strange
unordentlich untidy
die **Unordnung** disorder
unregelmäßig irregular
unruhig restless
unselbstständig dependent
unsichtbar invisible
etwas **Unsinnliches** something unreal
unter-drücken to suppress
der **Unterleibskrebs** cancer of the uterus
die **Unterwäsche** *(pl.)* underwear
unüberwindlich irrepressible
unvermittelt suddenly, abruptly
unversöhnlich (here) uncompromising
unverständlich incomprehensible
unvorbereitet unprepared
die **Unwirklichkeit** unreality, illusion
unzählig countless
unzufrieden discontent
die **Urlaubsreise, -n** vacation trip

V
verabscheuen to despise
verabschieden to part, take leave
(sich) **verabschieden** to disband, dismiss
verärgern to anger
die **Verantwortung** responsibility
verbindlich binding
verbraucht worn
verbreiten to spread
verdoppeln to double
verdreht strange
verdunkeln to darken
verehren to admire

der **Verehrer, -** admirer
vereinsamen to become lonely
verekeln to make something disgusting, spoil
verfaulen to rot
verfügbar disposable, available
die **Vergangenheit** past
vergehen (i,a) to pass, perish, cease, vanish
das Lachen **vergeht** *mir* (lit. I lose my laughter) I become serious
die **Vergeßlichkeit** forgetfulness
der **Vergleich, -e** comparison
der **Vergleichsmöglichkeit, -en** possibility of comparison
das **Vergnügen** enjoyment, fun
vergrößern to enlarge
das **Verhältnis, -se** relationship
das **Verhalten** conduct, behavior; (here also) reaction, performance
verheiratet married
verhöhnen to mock
die **Verklärung** glorification
verklären to glorify
verkörpern to embody, personify
(sich) **verkriechen (o,o)** to creep under, hide
verlangen *nach* (here) to send for, ask for; demand
verlangsamen to slow down
verlassen deserted
die **Verlassenheit** loneliness
die **Verlegenheit** embarrassment
verletzlich vulnerable
(sich) **verlieben** to fall in love
der **Verlierer, -** loser
vermehren to increase, augment
vermitteln to convey
vernarbt scarred
vernünftig reasonable, intelligent, responsible
verpachten to lease, to farm out
verpacken to wrap
verprügeln to beat
(sich) **verrechnen** to miscalculate
verrenkt twisted
verrichten to carry out
verrutscht awry, slipped
versäumen to miss
verschämt bashful
(sich) **verschließen (o,o)** to withdraw, become aloof
verschränkt crossed

verschreiben (ie,ie) to prescribe
verschrumpelt wrinkled
verschüchtert intimidated
verschwinden (a,u) to disappear
(sich) versenken to steep oneself
versinken (a,u) to disappear
versorgen to take care of, serve
der Verstand mind
verstecken to hide
(sich) verstellen to disguise, to dissimulate
verstohlen furtive
der Versuch, -e attempt
versüßen to sweeten
die Verteidigung defense
verteilen to distribute
vertieft *in* immersed in
(sich) vertragen (ä,u,a) to get along
vertraut familiar
der Vertraute, -n confidant
vertreten (i,a,e) to represent
vertrödeln to waste (time)
der Verwandte, -n relative
verwechseln to confuse
verwechselbar (here) exchangeable
verwenden (a,a) to use, to employ
verwesen to decay
verziehen (o,o) to distort
die Verzweiflung, -en desperation
das Vieh cattle
du Vieh! you beast
die Visitenkarte, -n calling card
vollführen to execute, complete
vollständig completely
von vorneherein from the beginning,
   as a matter of course
voraus-sagen to predict
vorbei-sausen to race past
vor-bürgerlich pre-bourgeois
(sich) vor-drängen to push ahead
voreinander in one another's presence
vorgefaßt (here) assumed
vorgesehen predestined, settled
das Vorhaben, - plan
vor-halten (ä,ie,a) to hold up to, reproach
vor-kommen (a,o) to seem, appear
das Vorkommnis, -se event
vorlaut brash, impertinent, pert
vorletzte next to last
vor-sehen (ie,a,e) to provide, foresee
die Vorsehung, -en providence
etwas vor-stellen to present
(sich) vor-stellen to imagine; to introduce
   (oneself)

die Vorstellung, -en image; view,
   opinion, idea
der Vorteil, -e advantage
vor-tragen (ä,u,a) to relate (a story)
vorüber-gehen (i,a) to pass by
das Vorzeichen, - sign, omen

W
wählen to vote
die Wahlkampfreise, -n election
   campaign
(sich) wälzen to roll
die Wäscheleine, -n clothesline
wagen to dare
wahr-nehmen (i,a,o) to become aware of
wahren to preserve
die Wahrsagerin, -nen fortune teller
wahrscheinlich perhaps, probably
der Waldrand, ¨er edge of the forest
die Wange, -n cheek
das Warenangebot, -e offer of goods
die Waschmaschine, -n washing machine
die Waschschüssel, -n washbasin
der Wasserhahn, ¨e faucet
waten to wade
der Wechsel, - change
die Wechseljahre *(pl.)* change of life
wechseln to change
weg-drehen to turn away, avert
weg-hören to stop listening
weg-laufen (äu,ie,au) to run away
weg-sperren to lock away
(sich) wehren to defend oneself
wehrlos defenseless
weh tun to hurt
weibisch womanish, effeminate
(die) Weihnachten Christmas
weitaufgerissen wide open
weiter-krähen to crow on
weiter-sparen to go on saving
weltlich secular, worldly
der Weltschmerz weariness of life,
   romantic discontent
Weltverdruß worldweariness
die Wendung, -en (here) phrase
der Werktag, -e work day
das Wesen, - being, person
das Wesensmerkmal, -e characteristic
wesenlos unreal, insignificant, shadowy
die Wette, -n bet
um die Wette in competition
wetterabhängig dependent on the
   weather

der Widerspruch, ⸚e contradiction
die Widersprüchlichkeit contradiction
widerstandslos unresisting
die Wiese, -n pasture, meadow
jemanden den Willen *lassen (ä,ie,a)*
  to let someone have his way
die Willenlosigkeit, -en lack of will
die Windel, -n diaper
der Windstoß, ⸚e gusty wind
der Winkel, - angle, corner, nook
winzig tiny
der Wipfel, - tree top
der Wirbel, - turmoil
wirr confused
wirtschaften to keep house, economize
wirtschaftlich economic
der Wirtschaftsteil, -e business section
wissenschaftlich scholarly
der Witz, -e joke
woanders elsewhere
wochentags on weekdays
wörtlich literal
wohlhabend well-to-do
wolkenlos cloudless
die Wollfussel, -n wool threads
der Wortschatz vocabulary
die Würde dignity
würdig dignified
(sich) würdig erweisen *(ie,ie)* to prove
  worthy of
wund sore
das Wunderding, -e marvel
wunderlich strange
das Wunschkonzert, -e request concert
wunschlos without desire
(sich) wurmen to be annoyed
die Wut rage

Z

das Zäpfchen, - suppository
zärtlich affectionate
die Zärtlichkeit, -en affection
zaghaft timid
zahlen to pay
das Zeichen, - sign, signal, hint
der Zeigefinter, - index finger
die *erste* Zeit at first
der Zeitablauf passing of time
der Zeitabstand, ⸚e interval
das Zeitgefühl sense of time
eine Zeitlang for some time
die Zeitung, -en newspaper
die Zeitungsannonce, -n advertisement

das Zeitvergehen passage of time
zeitweise at times
zerfransen squander
zerknirscht contrite, remorseful
zerschliffen worn by sharpening
zersplittert shattered
zerstreut distracted
die Zerstreutheit absent-mindedness
der Zettel, - note
das Zeugnis, -se report card, (here also)
  reference
der Zimmerman, die Zimmerleute
  carpenter
der Zimmermeister, - master carpenter
das Zitat, -e quotation
zitieren to quote
zittrig trembling
zivilisiert civilized
der Zoo zoo
der Zorn anger
zu-bringen (a,a) (here) to close
zucken to quiver, jerk
der Zuckerlöffel, - sugar spoon
zu-decken to cover
zu-drehen to turn off
zufällig accidental, fortuitous
der Zug, ⸚e train
der Zuhörer, - listener
zukünftig future
die Zukunftsangst, ⸚e fear of the future
der Zukunftstraum, ⸚e vision, dream of
  the future
zu-lassen to permit, admit
zumindest at least
die Zumutung (here) presumption
zurecht-weisen (ie,ie) to admonish
zurück-schrecken to bolt
(sich) zurück-verwandeln to change
  oneself back into, fall back into
zurück-zucken to shrink back from
zusätzlich additional
zusammen-falten to fold together
der Zusammenhang, ⸚e context, cohesion,
  connection
(sich) zusammen-nehmen (i,a,o) to pull
  oneself together
zusammen-schrecken (i,a,o) to cringe
zusammen-treffen (i,a,o) to meet with,
  coincide
zu-schauen to observe
zu-schnippen (here) to slip to somebody
zuständig *sein* (here) to be accessible
der Zustand, ⸚e condition, bewilderment

einem etwas **zu-trauen** to believe (a person)
    capable (of something)
zu-treffen *auf* (a,o) to be applicable
zuwider sein to despise; to be repugnant,
    distasteful
zwanghaft inescapably, with force
zweiteilig two-piece
zwingen (a,u) to force
zwischendurch in the meantime